聊齋志異

原著／蒲松齡
編撰／曾珮琦
繪圖／尤淑瑜

好讀出版

一窺《聊齋》的宗廟之美，百官之富

文／盧源淡

《聊齋志異》是值得一看再看的好書。

這部小說光在清朝就有近百種抄本、刻本、注本、評本、繪圖本，截至目前，相關詮釋與討論的文字數以億計，根據它的內容所改編的影劇與戲曲也有上百齣，而這部中文短篇小說集到現在已有將近三十種外語譯本，世界五大洲都可發現它的蹤跡。這不是好書，什麼才是好書？

我很高興此生能與這本書結下不解之緣。

小時候，我和《聊齋志異》的首度接觸，是在兒童月刊《學友》。這本雜誌會不定期刊載童話版的志怪小說，當時只覺得道人種桃、古鏡照鬼的情節很好看，根本不知道、也不會想知道這些故事是怎麼來的。另外，《良友》之類的雜誌也會穿插短篇的《聊齋》連環圖，至今還依稀記得〈偷桃〉、〈妖術〉、〈佟客〉的精彩畫面。初中時，看過樂蒂和趙雷演的《倩女幽魂》，無意間從海報認識「聊齋」這個詞彙，後來聽老師講述，這才明白以前看過的那些鬼狐仙妖，都是從這本小說孕育出來的。

五十多年前的《皇冠》雜誌偶爾也有白話《聊齋》故事，印象較深的有〈胡四娘〉、〈局詐〉等等，都改寫得非常精彩，這也激起我閱讀原文的念想。就讀大學時，曾向圖書館借到一本附有注釋的《聊齋》，不過那本書品質粗糙，不但排版草率，聊備一格的注釋對讀者也毫無助益。後來雖在書店發現一些性質類似的「精選」本，但情況毫無二致。最後好不容易買到一套手稿本，卻讀得一頭霧水，即便手邊擺著一套《辭海》，仍舊跨不過那百仞宮牆。幸好，這一盆盆的冷水並沒有完全澆熄我對《聊齋志異》的滿腔熱火。

由於《聊齋志異》的手稿本斷簡殘編，因此幾十年前學者研讀的都以「青柯亭本」或「鑄雪齋本」爲主。呂湛恩與何垠的注解本雖在道光年間就有了，但不易取得。而一般讀者看的則大多是白話改寫的選本，通常都是寥寥二三十篇，實不容易滿足向慕者的需求。一九六二年，大陸學者張友鶴主編的《聊齋誌異會校會注會評本》問世，這對專業學者與業餘讀者來說，眞不啻爲一則天大的福音，有了這套工具書，研讀《聊齋志異》就相對輕鬆多了。後來，「康熙本」、「異史本」、「二十四卷本」，還有蒲松齡的相關文物陸續被發現，這些珍貴資料爲專家開闢不少探微索隱的幽徑，也造就一波波研討的浪潮。五十多年來，世界各地專家學者針對蒲松齡及《聊齋志異》所提出的論著和輯校的圖書，就像雨後春筍般出現，如：路大荒的《蒲松齡年譜》、盛偉的《蒲松齡全集》、馬瑞芳的《聊齋志異創作論》、于天池的《蒲松齡與聊齋志異脞說》、馬振方的《聊齋藝術論》、任篤行的《全校會注集評聊齋志異》、袁世碩與徐仲偉的《蒲松齡評傳》、朱一玄的《聊齋志異資料匯編》、朱其鎧的《全本新注聊齋誌異》等，數以千計。另外還有《蒲松齡研究》季刊和不定期舉辦的研討會，爲專家提供心得發表的平臺。「蒲學」遂一時蔚成風氣，足以與國際「紅學」相頡頏。

拜「蒲學」潮流之賜，我的夙願也得以逐步實現。兩岸開放交流後，我就經常利用暑假前往大陸，不是在圖書館蒐集資料，埋首抄錄，便是到書店選購「蒲學」相關文獻。我還三度造訪淄川蒲家莊和周村畢自嚴故居，向紀念館內的專業人士請益，並流連於柳泉、綽然堂，與「短篇小說之王」作穿越時空的交心偶語。我也曾趑趄濟南的大明湖畔，想像「寒月芙蕖」的奇觀；我也曾彳亍荷澤的牡丹花徑，領略「曹國夫人」的丰采。每次返臺，行囊、衣襟盡是濃郁的書香，這才體悟到梁任公所揭櫫的道理：「任何一門學問，只要深入的研究，必能引發出趣味來。」這是我畢生最引以爲樂的個人經驗，特地在此提出來與各位讀者分享。

在紙本文字日益式微的當前，好讀出版仍不惜耗費鉅資，禮聘學者點評、作注，出版一系列古典小說，促成多本曠世名著以最新穎的編排及更精緻的內涵增進大眾閱讀樂趣。這是經營者崇高的理念，更是使命感的展現，既獲取讀者的口碑，也贏得業界的敬重。而在決定出版《聊齋志異》全集時，好讀出版精挑的專家則是曾珮琦君。

曾珮琦君是位詠絮奇才，在學期間尤其屬意於中文，國學根柢扎實深厚。就讀研究所時，專攻老莊玄學，在王邦雄教授指導下，完成論文〈《老子》「正言若反」之解釋與重建〉，取得碩士學位。另外著有《圖解老莊思想》、《樂知學苑・莊子圖解》等書，字字珠璣，鞭辟入裡，備受學界推伏。近年來，曾君醉心《聊齋志異》奼紫嫣紅的幻域，含英咀華，芬芳在頰，乃決意長期從事注譯的編撰，將這部古典巨著推薦給青年學子，目前已發行《義狐紅顏》、《倩女幽魂》兩集單冊。我發現書中注釋引經據典，精確賅備，對理解原文必有極大裨益；白話翻譯則筆觸流利，既無直譯的生澀，亦無擴寫的模糊，文白對照，可獲得閱讀樂趣，並有助國文程度提升。此外，尤淑瑜君的插畫也能引領讀者進入故事情境，頗具錦上添花之效。我相信全書殺青後，必足以在出版界占一席之地。

馮鎮巒曾在〈讀聊齋雜說〉謂：「讀聊齋，不作文章看，但作故事看，便是呆漢。」馮鎮巒是清嘉慶年間的文學評論家，這句話說得眞夠犀利，同時也道出《聊齋志異》的特色。然而，從功利角度而言，但看故事實已値回書價，再涵泳辭藻便是物超所値了。總之，手執一卷，先淺出，再深入，則如倒吃甘蔗，樂即在其中矣。現在就請諸位在曾君的導覽下，跨進蒲松齡的異想世界，一窺《聊齋》的宗廟之美，百官之富。

盧源淡

淡江大學中文系畢業，桃園市私立育達高級中學退休教師，從事蒲學研究工作三十餘年。著有《詳注・精譯・細說聊齋志異》全八冊，一百七十餘萬言。

中國第一部彰顯女性地位的故事集

文／呂秋遠

在我年輕的那個世代，大學國文只有《古文觀止》可以學習；不過運氣很好，一年級下學期時，學校開放選修文學名著，我選擇了《聊齋志異》。不過，這並不是我的第一次接觸，早在小學就已經開始接觸白話文版本。

《聊齋志異》所使用的語言，並不是艱深的文言文。事實上，作者蒲松齡身處十七世紀的中國，使用的文字已經不是那麼艱澀，而且他所蒐集的故事素材，也是透過不同的訪談及自己所聽說的故事撰寫而成，因此不至於過度艱澀。

有學者以為，《聊齋志異》這部書，是一個落魄文人對於男性情愛幻想的烏托邦故事集。然而，如果把這部小說放在十七世紀的脈絡觀察，則可以看出當時保守的中國，有多少的女權情慾流動已經躁動萌芽。在《聊齋志異》中，女鬼、狐怪往往是善良的，而男性卻有許多負心人。女性在這部書中的愛情角色是主動積極、毫不畏縮的，如果與故事中的男主角相較，更可以看出其批判禮教迂腐與封閉之處，這點在書中隨處可見。蒲松齡筆下的俠女、鬼狐、民女，都具備勇氣且勇於挑戰世俗。在那個婚姻奉媒妁之言、父母之命的年代，他藉由這些鬼怪故事，塑造出「嬰寧」、「聶小倩」、「白秋練」、「鴉頭」、「細柳」等人，她們遇到變故時總是比男性更爲冷靜與機智；而男性在他筆下，無能者多、負心者眾。因此，論這部書，說它是中國第一部彰顯女性地位的故事集也不爲過。

因此，我們可以輕鬆的來閱讀《聊齋志異》，但是當我們讀這些精彩俠女復仇記，或狐仙助人記的同時，別忘了，蒲松齡隱藏在故事中，想要說、卻不容於當時的潛言語其實是——女性的千言萬語。

呂秋遠

宇達經貿法律事務所律師、東吳大學社工系兼任助理教授。雖為法律背景，然國學根柢深厚，近年經常在ＦＢ臉書以娓娓道來的敘事之筆分享經手案例與時事觀察，筆力之雄健、觀點之風格化，贏得了「臺灣最會說故事的律師」讚譽。

熱愛文字與分享，著有《噬罪人》《噬罪人II：試煉》二書，曾於書中提到「希望讀者在書中找到自己人性的歸屬，也可以理解天使與惡魔的試煉，都是不容易通過的。如果能因此讓自己更自在，則一切的經驗分享也就值得了」，巧妙的與蒲松齡在《聊齋志異二·倩女幽魂》〈蓮香〉一文中的精闢結論，若合符節——「唉！死者求生，生者又求死，天底下最難得的，難道不是人身嗎？只可惜，擁有人身者往往不懂珍惜，以至於活著不知廉恥，還不如一隻狐狸；死的時候悄無聲息，還不如一個鬼。」

讀鬼狐精怪故事 讀懂蒲松齡用心

文／曾珮琦

談到《聊齋志異》這部小說（共四百九十一篇故事），給人的印象大多是講述些鬼狐精怪故事，歷來更有不少故事被改編成影視作品（且風行不輟、改編不斷）——其中最膾炙人口的是〈聶小倩〉，講述書生與女鬼之間的戀愛故事；〈畫皮〉也被改編爲電影，然原本故事僅講述女鬼變化成美女迷惑男子，裡面並無愛情成分。無論是人鬼戀，抑或鬼怪迷惑男子的故事，《聊齋志異》的作者蒲松齡，於屢次科舉失意後日益醉心蒐羅並撰寫鬼狐精怪、奇聞「異」事，其眞正用意不只是談狐說鬼，而想藉由這些故事諷刺當時官僚的腐敗、揭露科舉制度的弊病，反映出社會現實。

書裡收錄的各短篇故事，均爲奇聞異事，情節有趣、奇妙且精彩，不僅滿足讀者一窺天底下新鮮事的好奇心，還寓有教化世人、懲惡揚善的意涵，這也是這部古典文言文小說能從清朝流傳至今逾三百年的原因。當我們隨著蒲松齡的筆鋒遊覽神鬼妖狐的世界時，或可一邊思考故事背後隱含的思想，這些思想，很可能才是作者眞正想透過故事傳達的。

不過，《聊齋志異》中除了宣揚教化、諷刺世俗的故事，確實不乏浪漫純眞的愛情故事，如〈小翠〉、〈青鳳〉、〈聶小倩〉等均歌頌了人狐戀，意寓眞摯的愛情本質並不爲人狐之間的界限所侷限，此等故事相當感人。

《聊齋志異》第一位知音——清初詩壇領袖王士禎

至於蒲松齡的寫作素材來自哪裡？他是將聽聞來的鄉野怪譚予以編撰、整理，亦有各地同好提供故事題材。他蒐羅故事的經過，傳說是在路邊設一個茶棚，免費提供茶水給過路旅客，條件是要講一個故事（但也有人認爲不太可能，因他一生一直爲生計奔忙，在別人家中設館教書，怎有空擺攤）。明末清初，蒲松齡的家鄉山東慘遭兵禍，當時屍橫遍野，於是流傳了許多鬼怪傳說，由此成了他寫作的題材。

《聊齋志異》這部小說在當時即聲名大噪，知名文人王士禎對此書更是大力推崇。王士禎（一六三四～一七一一），小名豫孫，字貽上，號阮亭，別號漁洋山人，人稱王漁洋，謚文簡。蒲松齡在四十八歲時結識了這位當時詩壇領袖，王士禎讀了《聊齋志異》後十分欣賞，爲之題了一首詩：「**姑妄言之姑聽之，豆棚瓜架雨如絲。料應厭作人間語，愛聽秋墳鬼唱時**（詩）。」不僅如此，王士禎也爲書中多篇故事做了評點，足見他對此書的喜愛，而其評點文字的藝術性之高，亦廣泛成為後代文人研究分析的主題。蒲松齡對此甚感榮幸，認為王士禎是眞懂他，亦做了詩回贈：「志異書成共笑之，布袍蕭索鬢如絲。十年頗得黃州意，冷雨寒燈夜話時。」還將王士禎所做的評點，抄錄收進書中。王士禎的評點融入了他個人對小說創作的理論與審美觀點，這點影響了後世《聊齋志異》的評點家，如馮鎮巒等人。王氏評點貢獻有三：一、評論小說的藝術描寫與生活寫實。二、評論小說中人物形象的刻畫（然，他的評點往往過於簡略，未切合重點）。三、總結與簡述《聊齋志異》裡頭的佳作，所使用的高超寫作手法與傑出藝術成就。例如，他將〈連瑣〉評為「結而不盡，甚妙」，點出小說的敘事手法，亦表達出他的小說美學觀點。

在介紹《聊齋志異》這部小說前，先來談談作者蒲松齡的生平經歷。他是個懷才不遇的文人，參加鄉試屢次落榜，於是一邊教書，一邊將精力放在編寫奇聞怪譚故事上。讀這部書，可發現蒲松齡實際上將自己的人生經歷與思想寄託在其中——例如〈葉生〉，便是講述一個於科舉考試屢屢名落孫山的讀書人，而後遇到一個欣賞他才華的知府。後來他病重，知府正好在此時罷官準備還鄉，想等葉生一起回去。葉生後來雖病死，魂魄卻跟隨知府一起返鄉，並教導知府的兒子讀書，知府的兒子一舉中榜，這全是葉生的功勞。以此故事對照蒲松齡的經歷來看，可發現他屢經落榜挫折時，也曾受到江蘇寶應知縣孫蕙（字樹百）的青睞，邀他前往擔任文書幕僚，也就是俗稱的「師爺」，兩人不僅是長官與下屬關係，更是知己好友；也正是在此時，蒲松齡看盡了官場黑暗，對那些貪官汙吏、地方權貴深惡痛絕。

在〈成仙〉中，地方權貴與官府勾結，將成生的好友周生誣陷下獄，還隨便編派罪名，要置他於死地；於是成生後來看破世情，出家修道。蒲松齡本人並未如主人翁成生那樣出家修道，反倒將心中的憤懣不平，藉著他手上那支文人的筆宣洩出來。足見，《聊齋志異》不僅寫鬼狐精怪、奇聞異事，更抒發了蒲松齡懷才不遇的苦悶。難怪他在〈聊齋自誌〉中要說「三閭氏感而為騷」，意即將自己比喻成屈原——屈原被楚懷王放逐後，才作了《離騷》；同樣的，蒲松齡也因失意於考場，才編著了《聊齋志異》。

《聊齋志異》的勸世思想——佛教、儒家、道家及道教兼有之

蒲松齡除了將自己人生經歷融入這些奇聞怪譚中，還不忘傳遞儒釋道三教的懲惡揚善思想。如〈畫壁〉，故事主人翁是一名朱姓舉人，和朋友偶然經過一間寺廟，進去參觀，看到牆上壁畫有位美女，心中頓時起了淫念，隨後進入畫中世界展開一段奇妙旅程。朱舉人在壁畫幻境中，與裡面的美女相好，但擔心被那裡的金甲武士發現，最後躲了起來。朱舉人心中非常恐懼害怕，最後經寺廟中的老和尚敲壁提醒，才總算從壁畫世

界逃了出來，脫離險境。蒲松齡在故事末尾評論道：「人有淫心，是生褻境；人有褻心，是生怖境。」（人心中有淫思慾念，眼前所見就是如此；人有淫穢之心，故顯現恐怖景象。）

可見，是善是惡，皆來自人心一念，此種思想頗似佛教所謂的「一念三千」。「一念三千」是指，我們在日夜間所起的一念心，必屬十法界中之某一法界，與殺生等之瞋恚心相應的是地獄界，與貪欲相應的是餓鬼界。所以，顯現在我們眼前的是哪一個法界，源於我們心中起的是什麼樣的心念。〈畫壁〉一文，不僅蘊含了佛教哲理，苦口婆心勸戒世人莫做苟且之事，通篇還使用許多佛教詞彙，足見蒲松齡佛學涵養之深厚。

至於蒲松齡的政治理想，則是孔孟所提倡的仁政——他尊崇儒家的仁義禮智，講求道德實踐，因此《聊齋志異》書中時常可見懲惡揚善的思想。值得注意的是，孔孟所提倡的仁義禮智，並非外在教條，而要我們發自內心理性的自我要求。《孟子．告子上》提到：「**仁義禮智，非由外鑠我也，我固有之也，弗思耳矣。**」（仁義禮智，不是由外在的制約逼迫、強制自己必須這麼做，而是我發自內心想這麼做。）孟子還舉了個例子——只要是人見到一個小孩快掉進井裡，都會無條件的衝過去救他。這麼做不是想博得美名，也不是想巴結小孩的父母，純粹只是不忍小孩掉進井裡溺死罷了。

這個「不忍人之心」，每個人生下來即有，也就是孔子所說的「仁心」。而孟子將此仁心的十字打開，發展成「仁義禮智」，其實此四者簡言之，就是「仁」而已。清代政治腐敗，貪官汙吏橫行，權貴爲一己私慾，不惜傷害別人，甚至做出剝奪他人生存權利之事。孔孟所提倡的仁政與道德蕩然無存，這些貪官汙吏無視、更無法實踐，實是人心墮落與放縱私慾的結果。蒲松齡有感於此，藉著這些鄉野奇譚，寄寓了諷刺當時政治腐敗與人心黑暗的想法。因而，《聊齋志異》不僅是志怪小說，更是一部寓言。書中可看出蒲松齡試圖撥亂反正、爲百姓伸張正義的苦心；現實生活中的他無能爲力，只好將此憤懣不平心緒，藉自己的筆寫出，宣洩在小說中。

此外，《聊齋志異》也涵蓋了道家與道教的思想，像是書中時常可見《莊子》的詞彙與典故，亦有神仙方術、洞天福地等道教色彩。老莊等道家哲學，是以「道」爲中心開展的哲學，追求人的心靈之自由自在，解消人的身體或形體對我們心靈帶來的束縛。而道教則認爲，人可以透過神仙方術長生不老、飛升成仙。《聊齋志異》書中多篇故事，於是出現了懂得奇門遁甲法術、捉妖收妖、符咒的道士，這些奇幻的神仙色彩，增添了故事的精彩與可讀性，也讓後世之人改編成影視作品時有更多想像空間。

《聊齋志異》寫作體裁——筆記小說＋唐代傳奇

大陸學者馬積高、黃鈞主編的《中國古代文學史》，將《聊齋志異》分成三種體裁：一、短篇小說體：主要描寫主角人物的生平遭遇，篇幅較長，細膩刻畫了人物性格及曲折戲劇化的故事情節，此類作品有〈嬌娜〉、〈成仙〉等。二、散記特寫體：重點在於記述某事件，不著墨於人物刻畫，此則受到古代記事散文的影響，此類作品有〈偷桃〉、〈狐嫁女〉、〈考城隍〉等。三、隨筆寓言體：篇幅短小，將所聽之事記錄下來，並寄寓思想在其中，此類作品有〈夏雪〉、〈快刀〉等。

《聊齋志異》深受魏晉南北朝筆記小說、唐代傳奇小說的影響。筆記小說，是隨筆記錄下聽到的故事，比較像在記筆記，篇幅短小。此種小說乃受史書體例影響，十分重視將事件確實記錄下來，而非有意識的創作小說；且多爲志怪小說，又以干寶的《搜神記》最著名。《聊齋志異》裡頭有多篇保留了筆記小說特點的篇幅短小故事，如〈蛇癖〉、〈眞定女〉等。

唐代傳奇，則是文人有意識的創作小說，內容是虛構的、想像的，題材有志怪、愛情、俠義、歷史等等。像是《聊齋志異》中的〈葉生〉，葉生死後，魂魄隨知己丁乘鶴返鄉，直到回家看見屍體，才發現自己已死；此種離魂情節，乃受到唐傳奇陳玄祐〈離魂記〉的影響。由此可見，蒲松齡無論在創作手法或故事題材上，無不受到古代小說影響，此乃《聊齋志異》之承先。

《聊齋志異》之啓後在於，蒲松齡將六朝志怪與唐宋傳奇小說的主要特色融爲一體，給予後世小說家很大啓發，進而出現許多效仿之作，如清代乾隆年間沈起鳳的《諧鐸》、邦額的《夜譚隨錄》等，以及現代諸多影視作品。不過値得注意的是，改編後的電影或戲劇，爲了情節精彩與內容多樣化，不一定按照原著思想精神呈現，若想了解《聊齋志異》的原貌，實應回歸原典，才能體會蒲松齡寄寓其中的思想精神與用心。

此次，爲讓現代讀者輕鬆徜徉《聊齋志異》的志怪玄幻世界，才有了這套書的編撰，畢竟古典文言文小說在我們現代人讀來相當艱澀且陌生。因此，除收錄「原典」，還加上了「評點」、「白話翻譯」、「注釋」。其中，評點部分要感謝元智大學中國語文學系兼任助理教授張柏恩（研究專長：文學批評、古典詩詞創作、明清詩學）、北京師範大學珠海分校文學院講師劉學倫（研究專長：古籍編輯研究、元明清文學作品），提供了許多寶貴資料，特在此銘誌感謝。至於白話翻譯，儘管已盡量貼近原典，然而任何一種翻譯都是主觀詮釋，裡頭融合了編撰者本身的社會背景、文化思想等因素，這些都會影響對經典的理解。但這並不是說白話翻譯不可信，而想提醒讀者，本書白話翻譯僅止於一種詮釋觀點，並不能與原典畫上等號。眞正的原典精華，只有待讀者自己去找尋了。

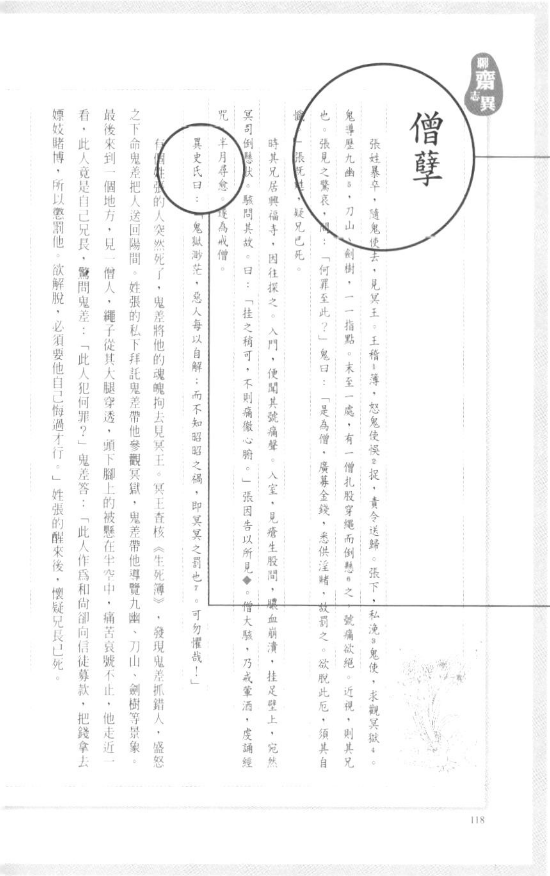

聊齋志異

僧孽

張姓暴卒，隨鬼使去，見冥王。王稽1簿，怒鬼使悞2捉，責令送歸。張下，私浼3鬼使，求觀冥獄4。鬼導歷九幽5，刀山、劍樹，一一指點。末至一處，有一僧扎股穿繩而倒懸6之，號痛欲絕。近視，則其兄也。張見之驚哀，問：「何罪至此？」鬼曰：「是為僧，廣募金錢，悉供淫賭，故罰之。欲脫此厄，須其自懺。」張既甦，疑兄已死。

時其兄居興福寺，因往探之。入門，便聞其號痛聲。入室，見瘡生股間，膿血崩潰，挂足壁上，宛然冥司倒懸狀。駭問其故。曰：「挂之稍可，不則痛徹心腑。」張因告以所見◆。僧大駭，乃戒葷酒，虔誦經咒。半月尋愈。遂為戒僧。

異史氏曰：「鬼獄渺茫，惡人每以自解：而不知昭昭之禍，即冥冥之罰也7。可勿懼哉！」

有個姓張的人突然死了，鬼差將他的魂魄拘去見冥王。冥王查核《生死簿》，發現鬼差抓錯人，盛怒之下命鬼差把人送回陽間。姓張的私下拜託鬼差帶他參觀冥獄，鬼差帶他導覽九幽、刀山、劍樹等景象。最後來到一個地方，見一僧人，繩子從其大腿穿透，頭下腳上的被懸在半空中，痛苦哀號不止，他走近一看，此人竟是自己兄長，驚問鬼差：「此人犯何罪？」鬼差答：「此人作為和尚卻向信徒募款，把錢拿去嫖妓賭博，所以懲罰他。欲解脫，必須要他自己悔過才行。」姓張的醒來後，懷疑兄長已死。

118

原典，值得信賴

原典以一九九一年里仁書局出版的張友鶴《聊齋誌異會校會注會評本》（簡稱《三會本》）為底本。

張友鶴是以蒲松齡的半部手稿本，以及鑄雪齋抄本（乾隆十六年抄本，抄者為歷城張希傑）為主要底本，從而編輯了《三會本》。他的版本最為完整，且融合了多家的校注、評點，極富參考與研究價值。

好讀版本的《聊齋志異》，為求彩圖與文章流暢搭配之版面安排，每卷裡頭的文章或有可能調動次序，尚祈見諒。

「異史氏曰」，真有意思

《聊齋志異》有些故事在正文結束後，會有一段以「異史氏曰」開頭的文字，這是蒲松齡對故事及人物所做評論，或是陳述他自己的觀點、見解（但他亦有些評論，不見得都冠上「異史氏曰」）。這種作法沿用自史書，如《史記》的「太史公曰」，即司馬遷自己的評論。值得注意的是，有些「異史氏曰」相關文字，不僅僅做評論，還會再加附其他故事，以與正文的故事相應和。

文章中除了蒲松齡自己的評論，亦可見以「友人云」為開頭的親友評論，其中最常出現的是蒲松齡文友王士禎以「王阮亭云」或「王漁洋云」為開頭的評論；這些評論由蒲松齡親自收錄在文章中，與後世所作評點不同。

注釋解析，增進中文造詣

針對原典中的艱難字詞加注，既有助讀者領略古人的用語，亦可賞讀蒲松齡作文之美。每條注釋，均扣緊原典的上下文文意而注，惟該字詞自有它用在別處的可能解釋，注釋意涵恐無法盡括。

注釋盡可能跟隨原典擺放，以收對照查看之效。

【卷二】僧孽

他前往兄長居住的興福寺探望，剛進門，便聽見兄長正痛苦哀號。走進內室，看到兄長的大腿長了膿瘡，膿血從傷口流出，雙腳懸掛在牆壁上，一如他在冥府所見。他驚訝的問兄長爲何將自己倒掛在牆上？兄長回答：「若不這樣倒掛，將痛徹心扉。」姓張的便把在冥府所見所聞告知兄長。和尚非常震驚，立刻戒掉葷酒，虔誠誦經。不過半個月，病已痊癒，從此成爲一名戒僧。

記下奇聞異事的作者如是說：「做壞事的人，以爲鬼獄不過是傳說而已，哪裡知道人世間的禍患，即來自幽冥的處罰。」

1 楷：[illegible]檢、稽查。
2 悮：出了差錯。同今「誤」字，[illegible]誤的異體字。
3 浼：讀作「每」，拜託、請求。
4 冥獄：人死後，受刑的牢獄。
5 九幽：原指極深暗的地底，此處指九泉之下，囚禁鬼魂之地。
6 扎股穿繩：以繩子穿過大腿。扎，穿孔、穿洞。股，大腿。倒懸：人的腿腳[illegible]繩子綁住，頭下腳上的被吊掛在半空中[illegible]
7 昭昭：[illegible]世間。冥冥：陰間[illegible]地府。

◆ **但明倫評點**：生時痛苦，即是陰罰；焉得見者而告之，使孽海眾生，翻然而登彼岸。

活著時受苦，正是來自冥獄的處罰，豈能讓你看到了解，使陷落在苦海的芸芸眾生，幡然悔悟而得解脫。

119

白話翻譯，助讀懂故事

為了讓讀者能輕鬆閱讀，每篇故事均附白話翻譯（採取意譯，非逐句逐字譯）。

值得注意的是，由於《聊齋志異》為古典文言文短篇小說集，作者蒲松齡講述故事時有時過於精簡，白話翻譯將視情況需要，於貼合原典的準則下，增加一些補述，以求上下文語意完整。

插圖，圖文共賞不枯燥

為了更增《聊齋志異》故事閱讀的生動，一方面盡可能收錄晚清時期珍貴的《聊齋志異圖詠》線稿圖畫，另方面亦邀請廿一世紀新生代繪者尤淑瑜，以藝術家的眼光、樸實的全彩筆觸，讓故事場景更加躍然紙上。

評點，有助理解故事

評點，是中國獨特的文學批評形式，近似讀書心得或讀書筆記。礙於篇幅關係，無法將《三會本》所收錄的評點全都附上，每篇僅擇最切合故事要旨、或發人深省哲思的一家評點，供讀者參考。由於《聊齋志異》並非每篇故事都有評點，若無，即從缺。

常見的代表性評點有與蒲松齡同時代的王士禎評本（清康熙年間）、馮鎮巒評本（清嘉慶年間）、何守奇評本（約清道光年間），以及但明倫評本（清道光年間）。其中，以馮、但這兩家的評點特別能顯出故事中隱藏的思想精神，他們皆以儒家的道德實踐為準則，著重揭露蒲松齡寫作的思想要旨、故事中人物的心理活動，同時也涉及社會現象等層面。

目次

唐序[1]

諺有之云：「見橐駝謂馬腫背[2]。」此言雖小，可以喻大矣。夫[3]人以目所見者為有，所不見者為無。曰，此其常也；倏有而倏無則怪之。至於草木之榮落，昆蟲之變化，倏有倏無，又不之怪；而獨于神龍則怪之。彼萬竅之刁刁[4]，百川之活活，無所持之而動，無所激之而鳴，豈非怪乎？又習而安焉。獨至於鬼狐則怪之，至於人則又不怪。夫人，則亦誰持之而動，誰激之而鳴者乎？莫不曰：「我實為之。」

夫我之所以為我者，目能視而不能視其所以視，耳能聞而不能聞其所以聞，而況於聞見所不能及者乎？夫聞見所及以為有，所不及以為無，其為聞見也幾何矣。人之言曰：「有形形者，有物物者。」而不知有以無形為形，無物為物者。夫無形無物，則耳目窮矣，而不可謂之無也。有見蚊睫者，有不見泰山者；有聞蟻鬬[5]者，有不聞雷鳴者。見聞之不同者，聾瞽[6]未可妄論也。

自小儒為「人死如風火散」之說[7]，而原始要終之道，不明於天下；於是所見者愈少，所怪者愈多，而「馬腫背」之說昌行於天下。無可如何，輒以「孔子不語[8]」一詞了之，而齊諧[9]志怪，虞初[10]記異之編，疑之者參半矣。不知孔子之所不語者，乃中人以下不可得而聞者耳[11]，而謂《春秋》[12]盡刪怪神哉！

留仙蒲子[13]，幼而穎異，長而特達。下筆風起雲湧，能為載記之言。於制藝舉業[14]之暇，凡所

見聞，輒為筆記，大要多鬼狐怪異之事。向得其一卷，輒為同人取去；今再得其一卷之。凡為余所習知者，十之三四，最足以破小儒拘墟之見，而與夏蟲語冰也[15]。余謂事無論常怪，但以有害於人者為妖。故日食星隕，鷁飛鵒巢[16]，石言龍鬬，不可謂異；惟土木甲兵[17]之不時，與亂臣賊子，乃為妖異耳。今觀留仙所著，其論斷大義，皆本於賞善罰淫與安義命之旨，足以開物而成務[18]；正如揚雲《法言》[19]，桓譚[20]謂其必傳矣。

康熙壬戌仲秋既望[21]，豹岩樵史唐夢賚拜題

1唐序：唐夢賚為《聊齋志異》所作的序。唐夢賚（讀作「賴」），字濟武，號嵐亭，別字豹岩，山東淄川人，是蒲松齡的同鄉，兩人交情甚好。唐夢賚是清世祖順治六年（西元一六四九年）進士，授庶吉士；八年，授翰林院檢討，九年罷歸，那時他才廿六歲，從此著書作文，閒居鄉里。

2見橐駝謂馬腫背：看到駱駝以為是腫背的馬。橐駝，讀作「陀陀」，駱駝的別名。

3夫：讀作「福」，發語詞，無義。

4萬竅：世間所有的孔洞，如山谷、洞穴等。典出《莊子・齊物論》：「夫大塊噫氣，其名為風。是唯无作，作則萬竅怒號。」（大地間的呼吸，人們稱為風。要不就是靜止無聲，然而一旦吹起，世間的孔洞都會隨風怒號。）刁刁：草木動搖的樣子。

5鬬：同今「鬥」字，是鬥的異體字。

6瞽：讀作「古」，盲眼，眼睛看不見。

7小儒：指眼界短淺的普通讀書人。人死如風火散：與「人死如燈滅」同義，人死了就如同燈火熄滅，什麼也沒有。

8孔子不語：典出《論語・述而》：「子不語怪，力，亂，神。」（孔子不談論神怪以及死後之事。）

9齊諧：古代志怪之書，專記載一些神怪故事，另一說為人名；後代志怪之書多以此為書名，如《齊諧記》、《續齊諧記》。

10虞初：西漢河南人，志怪小說家。

11乃中人以下不可得而聞者耳：典出《論語・庸也》，子曰：「中人以上，可以語上也；中人以下，不可以語上也。」（中等資質以上的人，可以告訴他較高的學問；

中等資質以下的人，不可以告訴他較高的學問。）

12 春秋：書名，孔子據魯史修訂而成，為編年體史書；所記起自魯隱公元年，迄魯哀公十四年，共二百四十二年；其書常以一字一語之褒貶，寓微言大義；因其記載春秋魯國十二公的史事，故也稱為「十二經」。

13 留仙蒲子：指蒲松齡。

14 制藝舉業：科舉考試。藝：即時藝，指八股文，科舉考試所用的文體。

15 破小儒拘墟之見，而與夏蟲語冰也：破解一般讀書人的見識淺薄，進而談論超出見識的事物。拘墟之見、夏蟲語冰，典故皆出自《莊子．秋水篇》：「井鼃（同「蛙」字）不可以語於海者，拘於虛也；夏蟲不可以語於冰者，篤於時也。」（不可以跟井底的青蛙說海的廣大，這是受空間所限制；不可以跟夏蟲說冬天的寒冷，這是受時間的限制。）

16 鷁飛鵒巢：鷁鳥飛到八哥的巢中，意指超出常理的怪異之事，因為八哥生活在樹上，而鷁是水鳥，兩者生活領域不相同，鷁卻飛到了八哥的巢。鷁，讀作「義」，一種水鳥。鵒，指雊鵒（讀作「夠玉」），八哥的別名。

17 土木甲兵：此應指天災與兵災戰亂。甲兵，原指鎧甲和兵械，後引申為戰亂、戰爭。

18 開物而成務：開通萬物之理，使人事各得其宜，語出《易經．繫辭上》：「夫易，開物成務，冒天下之道，如斯而已者也。」（人如果通曉周易卦象之理，就可以了解萬物的紋理，社會的各種領域、制度，都脫不了周易所涵蓋的範圍）。

19 揚雲《法言》：模擬《論語》語錄體裁而寫成的一部著作，內容是傳統的儒家思想；由揚雄所作，此處揚雲可能為筆誤。揚雄，字子雲，原本寫為楊雄，蜀郡成都（今四川成都郫都區）人，乃西漢哲學家、文學家、語言學家。

20 桓譚：人名，字君山，東漢相人，生卒年不詳；博學多通，遍習五經，能文章，光武朝官給事中，力諫讖書之不正，帝怒，出為六安郡丞，道卒；著《新論》二十九篇。

21 康熙壬戌：康熙二十一年，即西元一六八二年。仲秋：農曆八月。既望：農曆十五為望，十六為既望。

白話翻譯

俗諺說：「看到駱駝，以爲是腫背的馬。」這句話雖只是嘲諷那些不識駱駝的人，但也可廣泛用以比喻見識淺薄之人。一般人認爲看得見的東西才是眞實的，看不見的東西就是虛幻、不存在的。我說，這是人之常情；認爲一下子在，一下子又消失，是怪異現象。那麼，草木榮枯、花開花落、昆蟲的生長變化，也是一下子在，一下子消失，一般人卻又不覺怪異；唯獨認爲鬼神龍怪才是異事。世上的洞穴呼號、草木搖擺、百川流動，都毋需人相助即自行運作，沒有人刺激就自行鳴叫，難道這些現象不奇怪嗎？世人卻習以爲常。只認爲鬼怪狐妖是怪異的，但提到人，又不覺得奇怪。人的存在與行爲，又是誰來相助，誰來刺激的呢？一般人都會說：「這本來就是如此。」

我之所以是我，眼睛能看、卻看不見之所以讓我能看的原因；耳朵能聽、卻聽不到讓我之所以能聽的緣由，更何況，是那些看不見、聽不到的東西呢？能用感官加以經驗認識，就以爲是眞實，無法用感官去經驗認識，就以爲不存在；然而，能被感官認識的事物實則有限。有人說：「有形的東西必有形象，具體的東西才是眞實。」卻不知世間存有以無形爲有形，以不存在爲存在的事物。那些沒有形象、沒有具體的事物，乃礙於我們眼睛與耳朵的限制而無法認識，不能因此就說它們不存在。有人看得見蚊子睫毛這類細小的東西，卻也有人看不見泰山這麼大的事物；有人聽得到螞蟻的打鬥聲，卻也有人聽不到雷鳴。這都是因爲看見的東西與聽到的聲音有所不同罷了，不能因爲看不見某些事物就說他是瞎子，也不能因爲聽不到某些聲音就說他是聾子。

自從有些見識淺陋的讀書人提出「人死如風火散」的說法以後，探究世間事物發展始末的學問，就無法盛行於天下了；於是人們能看見的東西越來越少，覺得怪異的事也越來越多，於是「以爲駱駝是腫背的馬」這類說詞充斥周遭。最後無可奈何，只好拿「孔子不語怪力亂神」這句話來敷衍搪塞。至於對齊諧志怪、虞初記異故事懷疑不信的人，至少也占了一半。這些人不了解，孔子所謂「不語怪力亂神」是指──中等資質以下的人即使聽了也不懂，還當作是《春秋》把怪神故事全都刪除了呢！

蒲留仙這個人，自幼聰穎，長大後更傑出。下筆如風起雲湧，有辦法將這類怪異故事記載下來。攻讀科舉考試閒暇之時，凡有見聞，便寫成筆記小說，大多是鬼狐怪異這類故事。之前我曾得到其中一卷，後來被人拿去；現在又再得一卷閱覽。凡我所讀到習得的事，十件裡有三、四件足可打破一般井底之蛙的見識，還能觸及耳目感官所不能經驗的事。我認爲，無論是我們習以爲常或怪奇難解的世事，其中只要對人有害，就是妖異。因此，日蝕與流星、水鳥飛到八哥巢中、石頭開口說話、龍打架互鬥之事，都不能算是妖異；只有天災人害、戰亂兵禍與亂臣賊子，才算妖孽。我讀留仙所寫故事，大意要旨皆源自賞善罰惡與安身立命之言論，適足以開通萬物之理；正如東漢的桓譚曾經說過，揚雄的《法言》必能流傳後世。

康熙二十一年農曆八月十六，豹岩樵史唐夢賚拜題

聊齋自誌

披蘿帶荔[1]，三閭氏感而為騷[2]；牛鬼蛇神，長爪郎[3]吟而成癖。自鳴天籟[4]，不擇好音[5]，有由然矣。松[6]落落秋螢之火，魑魅[7]爭光；逐逐野馬之塵[8]，罔兩[9]見笑。才非干寶，雅愛搜神[10]；情類黃州[11]，喜人談鬼。聞則命筆，遂以成編。久之，四方同人，又以郵筒相寄，因而物以好聚，所積益夥。甚者：人非化外，事或奇于斷髮之鄉[12]；睫在眼前，怪有過于飛頭之國[13]。遄飛逸興[14]，狂固難辭；永托曠懷，癡且不諱。展如之人[15]，得毋向我胡盧[16]耶？然五父衢[17]頭，或涉濫聽[18]；而三生石[19]上，頗悟前因。放縱之言，有未可概以人廢者。

松懸弧[20]時，先大人[21]夢一病瘠瞿曇[22]，偏袒[23]入室，藥膏如錢，圓黏乳際。寤[24]而松生，果符墨誌[25]。且也：少羸[26]多病，長命不猶。門庭之淒寂，則冷淡如僧；筆墨之耕耘，則蕭條似缽。每搔頭自念：勿亦面壁人[27]果是吾前身耶？蓋有漏根因[28]，未結人天之果[29]；而隨風蕩墮，竟成藩溷[30]之花。茫茫六道[31]，何可謂無理哉！獨是子夜熒熒[32]，燈昏欲蕊；蕭齋[33]瑟瑟，案冷凝冰。集腋為裘[34]，妄續幽冥之錄[35]；浮白載筆[36]，僅成孤憤[37]之書：寄托[38]如此，亦足悲矣！嗟乎！驚霜寒雀，抱樹無溫；弔月秋蟲，偎闌自熱。知我者，其在青林黑塞[39]間乎！

康熙己未[40]春日。

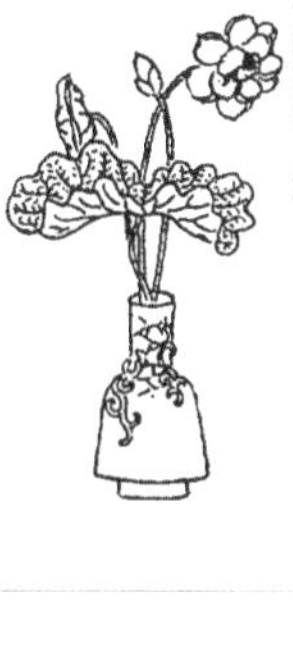

1 披蘿帶荔：語出《九歌》中的〈山鬼〉：「若有人兮山之阿，披薜荔兮帶女蘿。」這是指出沒在野外的山鬼，而薜荔、女蘿皆植物名。《九歌》原為南方楚地祭祀用的樂歌，經屈原潤色而成。分別為〈東皇太一〉〈雲中君〉〈湘君〉〈湘夫人〉〈大司命〉〈少司命〉〈東君〉〈河伯〉〈山鬼〉〈國殤〉及〈禮魂〉等十一篇。

2 三閭氏感而為騷：三閭氏，指屈原，他曾擔任楚國的三閭大夫。騷，指《離騷》，是屈原被楚懷王放逐漢水之北時所作自傳，抒發其懷才不遇的苦悶心情，以及理想抱負不得施展的悲苦。（編撰者按：蒲松齡之所以在作者自序中提及屈原所作《離騷》，可能是因他與屈原遭遇相似—蒲松齡鄉試落榜，正如空有滿腔抱負、卻不得君王重用的屈原。）

3 長爪郎：指唐朝詩人李賀，有「詩鬼」之稱；因其指爪長，故稱為「長爪郎」。

4 天籟：典故出自《莊子．齊物論》：「夫吹萬不同，而使其自己也。」天籟是無聲之聲，天籟因其無聲給出了一個空間，讓大自然的各種孔竅洞穴能發出聲音。此處指渾然天成的優秀詩作。

5 不擇好音：指這些作品雖好，卻不受世俗認可。

6 松：指本書作者，蒲松齡的自稱。

7 魑魅：讀作「癡媚」，山野中的鬼怪精靈。

8 野馬之塵：本意為塵土，此處指視科舉功名若塵土。

9 罔兩：亦作「魍魎」，山川草木中的鬼怪精靈。

10 才非干寶，雅愛搜神：不敢說自己才比干寶，只酷愛些鬼怪奇談而已。干寶，是東晉編集《搜神記》的作者，此書蒐羅了一些志怪故事，為中國古代志怪故事代表作。

11 黃州：指蘇軾，自子瞻，號東坡居士。蘇軾在宋神宗元豐二年（西元一〇六九年）因烏臺詩案獲罪，次年被貶謫黃州。他曾寫詩自嘲：「問汝平生功業，黃州惠州儋州。」

12 化外、斷髮之鄉：皆指未受教化的蠻夷之地。

13 飛頭之國：古代神話中，人首能夠分離、且會飛的奇異國度。

14 遄飛逸興：很有興致，欲罷不能。遄，讀作「船」，迅速。

15 展如之人：真摯、誠懇之人。依照上下文意，應指那些只相信現實經驗、而不相信那些奇幻國度的人。

16 胡盧：笑聲。

17 五父衢：路名，在今山東曲阜東南。孔子不知其生父所葬之地，而將母親葬於此處。衢，讀作「渠」，通達四方的大路。

18 濫聽：不實的傳聞。

19 三生石：宣揚佛教輪迴觀念的故事。佛教認為人沒有靈魂，但今生所造的業，會帶到來生。人今生今世所受的果報，無論善或惡，皆由過去累世累劫積累而成，而今生所造的業，亦影響來生所承受的果報。

20 懸弧：古人若生男孩，便將弓懸掛在門的左邊。

21 先大人：蒲松齡的先父。

22 瞿曇：梵文，讀作「渠談」，為釋迦牟尼佛的俗家姓氏，此處指僧人。

23 偏袒：佛家語，指僧侶。原指古印度尊敬對方的禮法，後為佛教沿用，僧侶在拜見佛陀時，須穿著露出右肩的袈裟以示尊敬；但平時佛教徒所穿袈裟，則無偏袒。

袒，讀作「坦」，裸露之意。

24寤：讀作「物」，醒來、睡醒。

25果符墨誌：與蒲松齡父親夢中所見僧人的胸前特徵相符——「藥膏如錢，圓黏乳際」。墨誌，指黑痣。

26少羸：年少時，身體瘦弱。羸，讀作「雷」。

27面壁人：和尚坐禪修行，稱為面壁。面壁人，代指和尚、僧人。

28有漏根因：佛家語。有漏，由梵語轉譯，是流失、漏泄之意，意即煩惱。有漏因，即招致三界（欲界、色界、無色界）果報的業因，語出景德傳燈錄卷三菩提達磨章（大五一・二一九上）：「帝曰：『何以無功德？』師曰：『此但人天小果，有漏之因，如影隨形，雖有非實。』」原文中並無「根」字。

欲界，指一切有情眾生所住之世界，地獄、餓鬼、畜生、阿修羅、人、六欲天皆屬此。欲界之有情，是指有食欲、淫欲、睡眠欲等。

色界之眾生脫離淫欲，不著穢惡之色法，此界之天眾無男女之別，其衣是自然而至，而以光明為食物及語言。

無色界，指超越物質現象經驗之世界，此界之有情眾生，沒有無色法、場所，無空間高下之分別。

29人天之果：佛家語。有漏之業的善果。

30藩溷：籬笆和茅坑。溷，讀作「混」。

31六道：佛家語。眾生往生後各依其業前往相應的世界，分別為：地獄道、餓鬼道、畜生道、阿修羅道、人間道、天道。前三道為惡，後三道為善。

32熒熒：讀作「迎迎」，微弱光影閃動的樣子。

33蕭齋：對自己所居房屋或書齋的謙詞，典故出自——梁武帝造寺，命蕭子雲於寺院牆上寫一「蕭」字。寺院毀壞後，刻字的殘壁仍保存下來。至唐朝李約，將此牆壁運歸洛陽，匾於小亭，以供賞玩，稱為「蕭齋」。

34集腋為裘：意謂此部《聊齋志異》，集結了眾人之力，積少成多才完成。

35幽冥之錄：南朝宋劉義慶所編纂的志怪小說集，屬於六朝志怪筆記小說，篇幅短小，為後世小說的先驅。

36浮白：暢飲。載筆：此指寫作著書。

37孤憤：原為《韓非子》一書的其中一篇篇名。此指憤世嫉俗的著作，意即對一些看不慣的世俗之事執筆記錄下來，以表心中悲憤。

38寄托：寄託言外之音於文辭之間，猶言寓言。

39青林黑塞：指夢中的地府幽冥。

40康熙己未：清朝康熙十八年（西元一六七九年）。這一年，蒲松齡四十歲。

白話翻譯

野外的山鬼，讓屈原有感而發寫成了《離騷》；牛鬼蛇神，被李賀寫入了詩篇。這種獨樹一幟的作品，不見容於世俗，其來有自。我於困頓時，只能與魑魅爭光；無法求取功名，受到鬼怪的嘲笑。雖不像干寶那樣有才華，能寫出流傳百世的《搜神記》，卻也喜愛志怪故事；也與被貶謫黃州的蘇軾一樣，喜與人談論鬼怪故事。聽到奇聞怪事就動筆記錄下來，這才編成了這部書。久而久之，各地同好便將蒐羅來的鬼怪故事寄給我，物以類聚，內容更加豐富。甚至—人不處於蠻荒之地，卻有比蠻荒更離奇的怪事發生；即便在我們周遭，也有比飛頭國更古怪的事情。我越寫越有興趣，甚至到了發狂的地步；長期將精力投注於此，連自己都覺得癡迷。那些不信鬼神的人，恐怕要嘲笑我。道聽塗說之事，或許不足採信；然而這些荒謬怪誕的傳聞，有助於人認清事實，增長智慧。這些志怪故事的價值，不可因作者籍籍無名而輕易作廢。

我出生之時，先父夢到一名病瘦的僧人，穿著露肩袈裟入屋，胸前貼著一個似錢幣的圓形膏藥。夢醒，我就出生了，胸前果然有一個黑痣。且我年幼體弱多病，恐活不長。門庭冷清，如僧人般過著清心寡慾的日子；整天埋首寫作，貧窮如僧人的空缽。常常自想，莫非那名僧人眞是我的前世？我前世所做的善業不夠，所以才沒法到更好的世界；只能隨風飄蕩，落入污泥糞土之中。虛無飄渺的六道輪迴，不可謂全無道理。特別是在深夜燭光微弱之際，燈光昏暗蕊心將盡，書齋更顯冷清，書案冷如冰。我想集結眾人之力，妄圖再續《幽冥錄》；飲酒寫作，成憤世嫉俗之書：只能將平生之志寄託於此，實在可悲！唉！受盡風霜的寒雀，棲於樹上感受不到溫暖；憑弔月光的秋蟲，依偎著欄杆還能感到一絲溫暖。知我者，大概只有黃泉幽冥之中的鬼了！

寫於康熙十八年春。

卷十

為學當須與誠篤並行，
不可失卻心中良知的準繩。
否則空有聰慧智識，欠缺內省修為，
儀表堂堂無異於衣冠禽獸也。

申氏

涇河[1]之側，有士人子申氏者，家窶貧[2]，竟日恆不舉火。夫妻相對，無以為計。妻曰：「無已，子其盜乎！」申曰：「士人子，不能亢宗[3]，而辱門戶、羞先人，跖[4]而生，不如夷[5]而死！」妻忿曰：「子欲活而惡辱耶？世不田[6]而食者，止兩途：汝既不能盜，我無寧娼耳！」申怒，與妻語相侵。妻含憤而眠。

申念：為男子不能謀兩餐，至使妻欲娼，固不如死！潛起，投繯庭樹間。但見父來，驚曰：「癡兒，何至於此！」斷其繩，囑曰：「盜可以為，須擇禾黍深處伏之。此行可富，無庸再矣。」妻聞墮地聲，驚寤；呼夫不應；爇[7]火覓之，見樹上繯絕，申死其下。大駭。撫捺之，移時而甦，扶臥床上。妻忿氣少平。既明，託夫病，乞鄰得稀酏[8]餌申。申啜已，出而去。至午，負一囊米至。妻問所從來。曰：「余父執皆世家，向以搖尾為羞[9]，故不屑以相求也。古人云：『不遭者可無不為[10]。』今且將作盜，何顧焉！可速炊，我將從卿言，往行劫。」妻疑其未忘前言之忿，含忍之。因淅米作糜[11]。申飽食訖，急尋堅木，斧作梃[12]，持之欲出。妻察其意似真，曳而止之。申曰：「子教我為，事敗相累，當無悔！」絕裾[13]而去。

日暮，抵鄰村，違[14]村里許伏焉。忽暴雨，上下淋溼。遙望濃樹，將以投止。而電光一照，已近村垣。遠處似有行人，恐為所窺，見垣下禾黍蒙密，疾趨而入，蹲避其中。無何，一男子來，

軀甚壯偉，亦投禾中。申懼，不敢少動。幸男子斜行去。微窺之，入於垣中。默意垣內為富室亢氏第，此必梁上君子[15]，俟其重獲而出，當合有分。又念：其人雄健，倘善取不予，必至用武。自度力不敵，不如乘其無備而顛之[16]。計已定，伏伺良耑[17]。直將雞鳴，始越垣出。足未至地，申暴起，挺中腰膂[18]，踣然[19]傾跌，則一巨龜，喙張如盆。大驚，又連擊之，遂斃。

先是，亢翁有女，絕惠美，父母皆憐愛之。一夜，有丈夫入室，狎逼為懽。欲號，則舌已入口，昏不知人，聽其所為而去。羞以告人，惟多集婢媼，嚴扃[20]門戶而已。夜既寢，更不知扉何自而開；入室，則群眾皆迷，婢媼遍淫之。於是相告各駭，以告翁；翁戒家人操兵環繡闥[21]，室中人燭而坐。約近夜半，內外人一時都瞑，忽若夢醒，見女白身臥，狀類癡，良久始寤。翁甚恨之，而無如何。積數月，女柴瘠頗殆。每語人：「有能驅遣者，謝金三百。」申平時亦悉聞之。是夜得龜，因悟祟翁女者，必是物也。遂叩門求賞。翁喜，延之上座，使人舁[22]龜於庭，臠割之。留申過夜，其怪果絕。乃如數贈之，負金而歸。妻以其隔宿不還，方切憂盼；見申入，急問之。申不言，以金置榻上。妻開視，幾駭絕，曰：「子真為盜耶！」申曰：「汝逼我為此，又作是言！」妻泣曰：「前特以相戲耳。今犯斷頭之罪，我不能受賊人累也！請先死！」乃奔。◆申逐出，笑曳而返之，具以實告，妻乃喜。自此謀生產，稱素封[23]焉。

異史氏曰：「人不患貧，患無行耳。其行端者，雖餓不死；不為人憐，亦有鬼祐也。世之貧者，利所在忘義，食所在忘恥，人且不敢以一文相託，而何以見

◆**但明倫評點：**固是繳上，亦以見其妻不愧為士人婦。

就算是把錢交給妻子，妻子也感到羞愧而想要自盡，這樣懂得廉恥的行為真不愧是讀書人的妻子呀。

諒於鬼神乎！」

邑有貧民某乙，殘臘向盡[24]，身無完衣。自念：何以卒歲[25]？不敢與妻言，暗操白梃，出伏墓中，冀有孤身而過者，劫其所有。懸望甚苦，渺無人跡；而松風刺骨，不復可耐。意瀕絕矣，忽見一人傴僂[26]來。心竊喜，持梃遽出。則一叟負囊道左，哀曰：「一身實無長物。家絕食，適於婿家乞得五升米耳。」乙奪米，復欲褫其絮襖，叟苦哀求。乙憐其老，釋之，負米而歸。妻詰其自，詭以「賭債」對。陰念此策良佳。次夜復往。居無幾時，見一人荷梃來，亦投墓中，蹲居眺望，意似同道。乙乃逡巡自冢後出。其人驚問：「誰何？」答云：「行道者。」問：「何不行？」曰：「待君耳。」其人失笑。各以意會，并道飢寒之苦。夜既深，無所獵獲。乙欲歸。其人曰：「子雖作此道，然猶雛也。前村有嫁女者，營辦中夜，舉家必殆。從我去，得當均之。」乙喜，從之。

至一門，隔壁聞炊餅聲，知未寢，伏伺之。無何，一人啟關荷杖出行汲[27]，二人乘間掩入。見燈輝北舍，他屋皆暗黑。聞一媼曰：「大姐，可向東舍一矚，汝匳妝[28]悉在櫝中，忘扃鐍[29]未也。」聞少女作嬌惰聲。二人竊喜，潛趨東舍，暗中摸索得臥櫝[30]；啟覆探之，深不見底。其人謂乙曰：「入之！」乙果入，得一裹，傳遞而出。其人問：「盡矣乎？」曰：「盡矣。」又紿之曰：「再索之。」乃閉櫝加鎖而去。乙在其中，窘急無計。未幾，燈火亮入，先照櫝。聞媼云：「誰已扃矣。」於是母及女上榻息燭。乙急甚，乃作鼠嚙物聲。女曰：「櫝中有鼠！」媼曰：

「勿壞而[31]衣。我疲頓已極，汝宜自覘[32]之。」女振衣起，發扃啟櫝。乙突出，女驚仆。乙拔關奔去，雖無所得，而竊幸得免。嫁女家被盜，四方流播。或議乙。乙懼，東遁百里，為逆旅主人賃作傭。年餘，浮言稍息，始取妻同居，不業白梃[33]矣。此其自述，因類申氏，故附之。

1涇河：涇水，發源於甘肅，經陝西而入黃河。
2窶貧：貧窮。窶，讀作「具」，貧困寡陋。
3亢宗：守護宗族，此指光宗耀祖。
4跖：讀作「直」，即盜跖，又作「盜蹠」，春秋時代有名的強盜。
5夷：即伯夷，孤竹君的長子，曾推辭國君的繼承權，後人嘉獎他不貪慕權位。
6田：此作動詞用，耕種。
7爇：燒也，讀作「若」或「熱」。
8稀酏：稀飯。酏，讀作「夷」。
9以搖尾為羞：以搖尾乞食為羞恥。典故出自《漢書·司馬遷傳》。
10不遭者可無不為：本意為遭遇困境下，什麼官職都可以接受了。引申為不得志的人做什麼事都不足為懼。事見《漢書·孫寶傳》。
11淅米作糜：淘米作粥。
12斧作梃：用斧頭把木材砍成棍棒。
13絕裾：割斷袖袍，表示心意已決。裾，讀作「居」，衣服的前襟。
14違：離，距。
15梁上君子：指小偷。
16顛之：把他擊倒。
17良耑：比喻十分專注。耑，讀作「專」，特地、專程。
18腰膂：腰脊骨。膂，讀作「呂」。
19踣然：跌倒的樣子。踣，讀作「博」，跌倒。
20扃：讀作「窘」的一聲，門閂、門環。此作動詞用，將門上鎖之意。
21繡闥：代指女子的閨房。闥，讀作「踏」，門。
22舁：讀作「魚」，抬、扛舉。
23素封：指無官爵封邑，然財產富裕之人。
24殘臘向盡：猶言將至臘月（農曆十二月）底。
25何以卒歲：如何過年。
26傴僂：讀作「語樓」，形容駝背的樣子。
27荷杖出行汲：揹著扁擔出門挑水。杖，扁擔。
28匳妝：女子的嫁妝。匳，讀作「連」，同今「奩」字，是奩的異體字。指女子的陪嫁品。
29扃鐍：門窗、箱篋前的上鎖處。鐍，讀作「決」，箱篋（讀作「妾」）。
30臥櫝：放在地上的長方形櫃子，俗稱床頭櫃。
31而：你。
32覘：讀作「沾」，觀看、察視。
33白梃：棍棒。此處引申為盜賊以打家劫舍作營生。

白話翻譯

在涇河岸邊，有一戶姓申的秀才，家境貧困，經常一整天無法開伙煮飯。夫妻倆相對而坐，無計可施。妻子說：「實在沒辦法了，你去當強盜吧！」申氏說：「我是個讀書人，不但無法光宗耀祖，反而有辱門楣、使先人蒙羞，與其像盜跖那樣靠搶劫維生，我寧願像伯夷那樣餓死。」妻子說：「你是既想活著又怕羞恥嗎？世上不靠種田就有飯吃的人，只有兩條路可走。你既然不想去當強盜，只好我去當妓女了！」申氏聞言大怒，與妻子爭吵起來，兩人爭執不下，妻子就去睡覺了。

申氏心想，身爲七尺男兒，竟然連一天兩頓飯都無法張羅，讓妻子想去當妓女，還不如一死了之。他悄悄起床，在院子裡的樹上投繯上吊。此時，他忽然看見父親朝他走來，驚訝地說：「傻孩子，你怎麼會想要自盡呢！」把繩索割斷，叮囑他說：「想當強盜也不是不可以，但要選擇稻禾茂密的地方躲藏起來。你只需要幹一票就可以富裕，之後就金盆洗手。」妻子在睡夢中隱約聽見東西掉落地面的聲音，驚醒過來呼喊丈夫，卻無人應答，她起身點燈去尋找丈夫，發現樹上的繩子斷了，申氏倒在樹下。妻子很震驚，急忙撫著他想把他喚醒，不久，申氏醒了過來，妻子把他扶到床上躺下，對他的怨氣也逐漸消滅。

翌日早晨，妻子謊稱丈夫臥病，到鄰居家裡要點稀粥給他吃。申氏喝完粥就出門去了，到了中午，他扛了一袋米回來。妻子問米的來路，申氏說：「父親的親友都是世家大族，以前覺得向人乞討很羞恥，就沒去求人。古人說：人在窮困潦倒時做什麼都行。我都已經準備做強盜了，還顧什麼廉恥！你趕快生火煮飯，我打算採納你的建議去搶劫。」妻子以為他故意說氣話，也不回嘴，逕自洗米煮飯去了。晚飯後，申氏找了一根堅硬的木頭，用斧頭削成一根棍棒，拿著就要出門。妻子看他真的要去打家劫舍，就拉住他不讓他出門。申氏說：「是你叫我當強盜的，如果事情敗露牽連到你，可不要後悔！」說完，他扯斷衣襟就走了。

傍晚時，申氏來到鄰村，在距離一里的地方埋伏。忽然，天上下起了暴雨，他全身都被雨淋濕，遙望有一處濃密的樹蔭，想過去躲雨。這時電光一閃，他發現已經接近人家的院牆，遠處好像還有路人。他怕被人察覺，看見牆下有一片稻田，急忙鑽了進去，蹲稻田裡躲起來。不久，一個男人經過，身材高大魁梧，跟他一樣鑽進農地。申氏很害怕，不敢輕舉妄動。幸好那個男人斜著走過去，申氏偷看，見他已進入院中，想起牆內住著姓亢的富翁，這個男人一定是個小偷，等他偷了東西出來，就去分一杯羹。但轉念一想，這個人身材健壯，如果好言索取失敗的話，必然會動武。他估計不是那人的對手，便想趁他不備時把他打暈。

擬定好了計策，申氏趴在牆下耐心等待。一直等到天亮，那人才翻牆出來，雙腳還沒著地，申氏就突然跳起來，揮起木棒打中他的腰骨，那人一下子被打倒在地，原來是個大烏龜，張開嘴巴就像一個大盆子。申氏大吃一驚，連著打了好幾棍，把烏龜給打死了。

先前，亢翁有個女兒，又賢慧又美麗，很受父母疼愛。一夜，有一個男人闖入她的閨房，想要強暴她。她剛想大喊，那男人的舌頭已經伸進她嘴裡。她昏迷不醒，任憑那男人玷汙了她。亢女覺得很羞恥，因此閉口不提，叫來許多丫鬟僕婦，緊鎖門窗。晚上睡著後，門卻自己打開，那男人進了她的閨房，所有人都昏迷不醒，連那些丫鬟僕婦也全部被他姦汙。眾人口耳相傳起這件事，都感到很驚駭，把此事告訴了亢翁。亢翁命家丁手持兵刃守在小姐的閨房四周，晚上點起蠟燭坐著守夜。大約快到半夜時，屋內外的人忽然同時睡著，又在忽然間像夢醒了一般，只見小姐赤裸躺在床上，神智不清，過了好久才清醒。

亢翁十分惱火，卻又無計可施。過了幾個月，亢女骨瘦如柴，奄奄一息。亢翁常常對人說：「有誰能把那個怪物趕走，就給他三百兩銀子酬金。」申氏平時也聽過亢翁懸賞捉妖的事，這晚他誤打誤撞的把一隻大烏龜給打死了，想起來強姦亢女的必定是這妖怪，於是上門領賞。亢翁很高興，將他奉爲上賓，又命人把死烏龜抬到院子裡千刀萬剮。亢翁讓申氏留宿，妖怪果然沒再上門，就把賞金給了申氏。申氏帶著銀子回家，妻子見他一夜未歸而憂心，一見申氏進門，便問他上哪去了。申氏不語，把銀子放在床上，妻子打開一看，差點兒嚇暈，問：「你眞的去做強盜了？」申氏說：「是你逼我去做的，還說這種話。」妻子哭道：「我先前只是與你說笑。現在你犯了死罪，我不能受你連累，讓我先去死！」說完，妻子跑到屋外，申氏追了出去，笑著把妻子拉回屋裡，把事情的始末告訴她，妻子這才眉開眼笑。從此以後，申氏

申氏
憂心竟訴北門篇生對
牛衣涕欲漣
寧死不甘為盜跖宵行
應動鬼神憐

夫婦謀劃生計，日子逐漸富裕起來。

記下奇聞異事的作者如是說：「人不怕窮，就怕無德。那些行得直坐得正的人，即使不受人同情，也自有鬼神護佑。世上有些窮人，見利而忘義，只顧吃飯而忘記廉恥，凡人都不敢給出一文錢，又怎可能得到鬼神護佑呢？」

本縣有個貧民某乙，臘月將盡之時，沒有一件完好衣服可穿。他心想，這種情況如何過年呢？他也不敢和妻子說，悄悄地拿一根木棒，來到墓地埋伏，希望遇到孤身經過的路人，就可以趁機搶劫。等了許久卻無人經過，他忍受不住寒風刺骨，就在快要絕望時，看見一個人駝著背緩緩走過。他喜出望外，拿著棍子跳出來。那是一位老翁，背著一袋米在路上行走，哀求他說：「我身上沒有財物，家裡也窮得沒米下鍋，這袋米是剛去女婿家借來的。」某乙搶了米，還想搶他的棉襖，老翁苦苦哀求，某乙也可憐他年紀大，便放過他，背著米回家。妻子問米從哪裡來，他就騙她說是別人還他的賭債，心裡覺得搶劫倒是個好辦法。

第二天晚上，某乙又去墓地想找人下手。不久，看見一個人扛著木棍前來，也走進了墓地，蹲在那裡往外眺望，看起來和某乙是做同樣的勾當。某乙就慢吞吞地從墓地後走出來。那人驚慌問道：「你是何人？」某乙答：「路過的人。」那人又問：「爲什麼還不走？」某乙說：「等你呀！」那人不由得啞然失笑。兩人都明白對方的意圖，互訴饑寒交迫之苦。夜深了，兩人一無所獲。某乙想回家，那人說：「你雖然當強盜，還是個新手。前村有戶人家嫁女兒，宴客直到半夜，全家肯定都累了，你和我一起去搶，搶來的財物咱倆平分。」某乙很高興，就跟著他走了。

兩人來到一家人門前，隔著牆壁聽到裡面傳來烤燒餅的聲音，知道這家人還沒有休息，就趴在牆外等候機會。不久，一個人開門，揹著扁擔出門打水，兩人趁機溜了進去。只見北面屋子燈還亮著，其他屋子都熄燈了。聽見一個老婦說：「大姊，你到東屋子去瞧瞧，你的嫁妝都在櫃子裡，看看有沒有忘記上鎖。」裡面傳出少女嬌嫩的聲音。二人暗自欣喜，躡手躡腳來到東屋，黑暗中摸索到一個床頭櫃，打開櫃子一摸，深不見底，那人對某乙說：「進去！」某乙就鑽進去，找到一個包裹，往外面遞。那人又問：「還有沒有？」某乙答道：「沒有了。」那人故意說：「你再找找。」說完，就把櫃門關上，上鎖後逃走了。某乙被鎖在櫃子裡，又怕又著急，卻根本出不來。不久，有人提燈進屋，先照了照櫃子，只聽老婦說：「誰把櫃子鎖上了？」母女就上床，吹熄蠟燭準備就寢。某乙很著急，假裝發出老鼠撕咬衣物的聲音。少女說：「櫃子裡有老鼠！」老婦說：「別讓牠把你的衣服弄壞了，我累死了，你自己起來看看吧。」少女穿上衣服起床，打開鎖和櫃門。某乙突然跳出來，少女嚇得倒在地上。某乙打開門逃了出去，雖然一無所獲，僥倖沒有被人抓住。

嫁女兒那戶人家被搶劫的消息傳開來，有人懷疑是某乙幹的。某乙很害怕，往東逃出一百多里，在一家旅館打雜。過了一年多，流言逐漸平息。某乙才將妻子接過來住，再也不去搶劫。這個故事就是某乙自己講的，因爲和申氏的故事很像，所以把它附在這裡。

恆娘

洪大業，都中[1]人。妻朱氏，姿致頗佳，兩相愛悅。後洪納婢寶帶為妾，貌遠遜朱，而洪嬖[2]之。朱不平，輒以此反目。洪雖不敢公然宿妾所，然益嬖寶帶，疏朱。後徙其居，與帛商狄姓者為鄰。狄妻恆娘，先過院謁朱。恆娘三十許，姿僅中人，而言詞輕倩[3]。朱悅之。次日，答其拜，見其室亦有小妻，年二十以來，甚娟好。鄰居幾半年，並不聞其詬誶一語；而狄獨鍾愛恆娘，副室則虛員[4]而已。朱一日見恆娘而問之曰：「余向謂良人之愛妾，為其為妾也，每欲易妻之名呼作妾。今乃知不然。夫人何術？如可授，願北面為弟子[5]。」恆娘曰：「嘻！子則自疏，而尤[6]男子乎？朝夕而絮聒之，是為叢驅雀[7]，其離滋甚耳！其歸益縱之，即男子自來，勿納也。一月後，當再為子謀之。」

朱從其言，益飾寶帶，使從丈夫寢。洪一飲食，亦使寶帶共之。洪時一周旋朱，朱拒之益力，於是共稱朱氏賢。如是月餘，朱往見恆娘。恆娘喜曰：「得之矣！子歸毀若妝，勿華服，勿脂澤，垢面敝履，雜家人操作。一月後，可復來。」朱從之：衣敝補衣，故為不潔清，而紡績外無他問。洪憐之，使寶帶分其勞；朱不受，輒叱去之。如是者一月，又往見恆娘。恆娘曰：「孺子真可教也[8]！後日為上巳節[9]，欲招子踏春園。子當盡去敝衣，袍袴襪履，嶄然一新，早過我。」朱曰：「諾。」

至日，攬鏡細勻鉛黃[10]，一一如恆娘教。妝竟，過恆娘，恆娘喜曰：「可矣！」又代換鳳髻，光可鑑影：袍袖不合時製[11]，拆其線，更作之；謂其履樣拙，更於笥[12]中出業履[13]，共成之，訖，即令易著。臨別，飲以酒，囑曰：「歸去一見男子，即早閉戶寢，渠[14]來叩關，勿聽也。三度呼，可一度納。口索舌，手索足，皆吝之。半月後，當復來。」朱歸，炫妝見洪，洪上下凝睇之，歡笑異於平時。朱少話遊覽，便支頤作惰態；日未昏，即起入房，闔扉眠矣。未幾，洪果來款關[15]：朱堅臥不起，洪始去。次夕復然。明日，洪讓之。朱曰：「獨眠習慣，不堪復擾。」日既西，洪入閨坐守之。滅燭登床，如調新婦，綢繆[16]甚懽[17]。更為次夜之約；朱不可長，與洪約，以三日為率。

半月許，復詣恆娘。恆娘闔門與語曰：「從此可以擅專房矣。然子雖美，不媚也。子之姿，一媚可奪西施之寵，況下者乎！」於是試使睨，曰：「非也！病在外眥[18]。」試使笑，又曰：「非也！病在左頤。」乃以秋波送嬌，又囅然瓠犀[19]微露，使朱傚之。凡數十作，始略得其彷彿。恆娘曰：「子歸矣！攬鏡而嫺習之，術無餘矣。至餘床笫之間，隨機而動之，因所好而投之，此非可以言傳者也。」朱歸，一如恆娘教。洪大悅，形神俱惑，唯恐見拒。日將暮，則相對調笑，跬步[20]不離閨闥[21]，日以為常，竟不能推之使去。朱益善遇寶帶，每房中之宴，輒呼與共榻坐；而洪視寶帶益醜，不終席，遣去之。朱賺夫入寶帶房，扃閉之，洪終夜無所沾染。於是寶帶恨洪，對人輒怨謗。洪益厭怒之，漸施鞭楚。寶帶忿，不自修，拖敝垢履，頭類蓬葆[22]，更不復可言人矣。

恆娘一日謂朱曰：「我之術如何？」朱曰：「道則至妙；然弟子能由之，而終不能知之也。

縱之，何也？」曰：「子不聞乎：人情厭故而喜新，重難而輕易？丈夫之愛妾，非必其美也，甘其所乍獲，而幸其所難遘[23]也。縱而飽之，則珍錯[24]亦厭，況藜羹[25]乎！」「毀之而復炫之，何也？」曰：「置不留目，則似久別；忽睹豔妝，則如新至，譬貧人驟得粱肉[26]，則視脫粟[27]非味矣。而又不易與之，則彼故而我新，彼易而我難，此即子易妻為妾之法也。」朱大悅，遂為閨中之密友。積數年，忽謂朱曰：「我兩人情若一體，自當不昧生平。向欲言而恐疑之也；行相別，敢以實告：妾乃狐也。幼遭繼母之變，鬻[28]妾都中。良人遇我厚，故不忍遽絕，戀戀以至於今。明日老父屍解[29]，妾往省覲[30]，不復還矣。」朱把手唏噓。早旦往視，則舉家惶駭，恆娘已杳。

異史氏曰：「買珠者不貴珠而貴櫝[31]：新舊難易之情，千古不能破其惑；而變憎為愛之術，遂得以行乎其間矣。古佞臣事君，勿令見人，勿使窺書[32]。乃知容身固寵，皆有心傳也。」◆

◆但明倫評點：教之作態，祇為善後事宜，心法之傳，止於此矣。乃朱又另生一法，直使施鞭楚而止。此所謂青出於藍，而勝於藍者。

恆娘教朱氏改變神態外貌，只是為了傳授朱氏挽回男人心的方法，一切傳授之心法，只到這裡而已。朱氏又另闢蹊徑，使得丈夫鞭打起小妾來為止。這是所謂青出於藍，而勝於藍。

1都中：北京。都，一國之首都之意。
2嬖：讀作「碧」，寵愛。
3言詞輕倩：能言善道。
4虛員：雖居其位，卻並無發揮實質作用。
5北面為弟子：拜人為老師，行徒弟之禮。北面，坐北朝南，是古代地位尊貴的人坐的位置。地位較低的人坐南朝北，稱為「北面」。
6尤：責備、怪罪。
7為叢驅雀：比喻行為失當，效果和預期的相反。
8孺子真可教也：本意是長輩對年輕人的稱讚話。此處是稱讚對方能虛心接受教導。
9上巳節：古代以消除疾病，潔淨身心為目的的節日。人們會在這天舉行春遊踏青、吟詠賦詩等活動。漢代以前定在農曆三月的第一個巳（讀作「四」）日，因為每年日期不固定，曹魏以後改為三月初三。

10 勻鉛黃：上妝，將臉上的化妝品調勻。鉛黃，古代婦女所用的化妝品。

11 時製：當時流行的款式。

12 笥：讀作「四」，用竹子編成，用來放衣物或食物的方形箱子。

13 業履：尚未縫製完成的鞋子。

14 渠：他，指第三人稱。

15 款關：敲門。

16 綢繆：纏綿、親密。此指男女恩愛之情。

17 懽：同今「歡」字，是歡的異體字。

18 眥：讀作「自」，眼眶。

19 輾然：輾，讀作「產」。女子微笑貌。瓠犀：讀作「護膝」，瓠籽。比喻排列整齊的牙齒。

20 跬步：半步。跬，讀作「葵」的三聲。

21 閨闥：原指閨房，此處解作閨房中的私隱。闥，讀作「踏」。

22 頭類蓬葆：頭髮如同蓬草，形容披頭散髮，零亂不堪的樣子。

23 遘：讀作「購」，遭遇。

24 珍錯：即山珍海味。

25 藜羹：野菜煮成的羹湯，比喻粗劣的飲食。藜，野菜。

26 粱肉：精緻的食物，指美食佳餚。

27 脫粟：糙米。

28 鬻：讀作「玉」，賣出。

29 尸解：道家語。得道者死後，屍體留在人世間，魂魄則飛升天界。

30 省覲：省視、面見之意，此指回家探望。

31 買珠者不貴珠而貴櫝：即「買櫝還珠」。櫝，讀作「獨」，木盒子。原意是買了盒子而把裡面的珠子還回去。比喻看不清現實情況，取捨有失分寸。典故出自《韓非子．外．儲說左》上：「楚人有賣其珠于鄭者，為木蘭之櫝，薰以桂椒，綴以珠玉，飾以玫瑰，輯以羽翠；鄭人買其櫝而還其珠。」此處比喻男人寵愛小妾而輕視妻子。

32 古佞臣三句：唐武宗時，內監仇士良教導宮中內監蠱惑蒙蔽皇上的伎倆。典故出自《新唐書．仇士良傳》：「天子不可令閒暇，暇必觀書；見儒臣，則又納諫，智深慮遠，減玩好，省遊幸，吾屬恩且薄而權輕矣。為諸君計，莫若殖財貨，盛鷹馬，日以毬獵聲色蠱其心，極侈靡，使悅不知息，則必斥經術，暗外事，萬機在我，恩澤權力欲焉往哉？」

白話翻譯

洪大業是北京人，妻子朱氏，姿容姣好，頗有風韻，兩人互相愛慕。後來洪大業納了婢女寶帶為小妾，她的容貌姿色遠遜於朱氏，洪大業卻很寵愛她。朱氏心中憤憤不平，夫妻倆因而反目成仇。洪大業雖然不敢光明正大在寶帶房間裡過夜，卻對寶帶寵愛有加，對朱氏逐漸疏遠。後來他們搬到新房子住，就在姓狄的布商隔壁。狄妻名喚恆娘，先來拜訪朱氏。恆娘約三十多歲，姿色平平，能言善道，很討朱氏歡心。第二天，朱氏到狄家拜訪回禮，見到狄家也有小妾，年約二十來歲，容貌姣好。兩家做了快半年的鄰居，從沒聽見狄家有爭吵聲；而狄生唯獨鍾愛恆娘，小妾僅是做做樣子而已。一天，朱氏見到恆娘就問：「我以前一直以為夫郎寵愛小妾，僅僅因為她是小妾的緣故，所以我常想把妻子的名分換成小妾算了，今天見到你才知並非如此。夫人用的是什麼法子？如果可以傳授給我，我願意當你的徒弟。」恆娘說：「呵！是你自己疏遠夫郎，怎能怪罪你的夫郎呢？你早晚在他耳邊囉嗦，是你自己把夫郎推得遠遠的，他當然不會與你親近。你回家後不要管束他，就算他來找你，也不要開門讓他進來。一個月後，我再幫你想辦法。」

朱氏按照她說的去做，還替寶帶梳妝打扮，讓她與夫郎同眠共枕。洪大業只要用膳，必定也讓寶帶相陪。洪大業一與朱氏接近，朱氏就堅決推辭，大家都稱讚朱氏賢良。一個多月過去，朱氏前去見恆娘，恆娘高興地說：「事情可成了！你回去後，卸下妝容，不要穿華美的衣服，不要

恆孃
小加大芳
暗傷悲昔
日專房寵
已衰感激
難忘文種
德一顰一
笑教西施

施以粉黛，保持蓬頭垢面，穿破敗的鞋子，和下人一起工作。一個月以後，可以再來。」朱氏依言照辦，穿上有補丁的衣服，故意把自己弄得髒兮兮的，除了紡紗織布以外，其他事務一律不過問。洪大業憐惜她，叫寶帶分擔她的工作；朱氏不肯接受，喝斥寶帶離去。就這樣過了一個月，朱氏又去見恆娘。恆娘說：「你果然受教。後天就是上巳節，我想找你一起去遊園踏青。你要脫掉所有殘破衣服，服飾鞋襪都要煥然一新，早上來找我。」朱氏說：「好。」

到了那一天，朱氏對著鏡子梳妝打扮，全都按照恆娘吩咐。妝扮完畢，她就去見恆娘。恆娘高興地說：「可以了！」又替她梳了個鳳髻，光彩照人。朱氏的衣服已然不合時宜，恆娘就把縫線拆開，重新爲她縫製一件；說她的鞋子式樣醜陋，就從箱子裡取出一雙還沒有縫製完的鞋子，兩人一起縫製完畢，讓朱氏穿上。臨別時，恆娘拿酒給她喝，囑咐：「你回家見過夫郎後，就早點關上門窗就寢，他若是來敲你的門，不要理會他。他來找你三次，只能讓他進來一次。他若是要吻你的唇，摸你的腳，都不要讓他碰你。半個月後，你再來找我。」朱氏回家後，打扮得光鮮亮麗去見洪大業。洪大業從頭到腳打量著她，有說有笑的和平常不太一樣，朱氏說了一些與恆娘去春遊的事情，就用手托著臉頰，顯得很疲倦的樣子，天還沒暗就起身回房，關門就寢。不久，洪大業果然來敲門，朱氏躺著不起身，洪大業於是離去。第二天晚上情況仍是相同，到了第三天，洪大業責備朱氏，朱氏說：「我習慣獨自就寢，不喜歡別人打擾。」夕陽西下，洪大業到朱氏房中等她。夫妻就吹熄蠟燭上床睡覺，如新婚夫婦一般，夫妻恩愛。洪大業約定明晚還要來她房中就寢，朱氏不同意經常這樣，就與洪大業約定，每三天可來她房中過夜。

半個月後，朱氏又去見恆娘，恆娘關了門，對她說：「從此以後你可以獨得夫郎的寵愛。你雖然長得漂亮，卻不夠嫵媚動人。以你的姿色，若是嫵媚動人，就連西施都不是你的對手，更何況是那些姿色平庸的人！」便叫朱氏拋個媚眼來瞧瞧。恆娘說：「不是這樣，毛病出在眼角。」又叫朱氏笑起來看看，又說：「這也不對，毛病出在左邊下巴。」於是她示範眼送秋波，又展示露齒微笑，讓朱氏學她這樣做。朱氏學了幾十次，開始領略到恆娘的神韻，做得有幾分像了。恆娘說：「你回去後，對著鏡子把它練熟，我只有這幾招了。至於床上的功夫，你要隨機應變，投其所好，這些事情，只能意會不能言傳。」朱氏回去後，按照恆娘教的去做。洪大業很高興，爲她神魂顛倒，唯恐朱氏不讓他在她房裡過夜。天色快要暗了，兩人互相調笑，半步不離閨房，每日都是如此，就算拒絕洪大業也不肯走。朱氏更加善待寶帶，每次在房裡設宴，都把她叫來坐在身邊，但洪大業看寶帶越來越嫌她長得醜，不等她吃完，就命她離去。朱氏把洪大業騙到寶帶房中，把門鎖上，洪大業竟整晚都不碰寶帶，寶帶心中怨恨洪大業，在別人面前說起洪大業的壞話。洪大業更加嫌棄她，逐漸拿鞭子抽打她。寶帶心中忿忿不平，從此不再梳妝打扮，穿著破舊的衣服鞋子，披頭散髮，根本不像個人。

有一天，恆娘對朱氏說：「我教你的方法管用嗎？」朱氏說：「方法的確神妙，我只能照著做，卻不明白其中緣由。你要我不再管束夫郎，是爲了什麼呢？」恆娘說：「你難道沒聽過嗎？

喜新厭舊是人之常情，越是難以得到就越是珍惜，容易到手的東西反而不會珍視。你的夫郎之所以寵愛小妾，不一定是她長得美，而是剛娶進門覺得新鮮，加上相處時間不多，因此更加珍惜。你讓他每日都去小妾房中過夜，日子久了他就會覺得厭煩，即便是山珍海味也會吃厭，更何況是粗糙的食物呢！」朱氏問：「讓我卸去妝容，之後又讓我盛妝打扮，這又是爲什麼呢？」恆娘說：「先讓夫郎忽視你的存在，就好像分別許久一樣；忽然看到你打扮得花枝招展，像新婚那時一般。就如同窮人突然得到甘美的佳餚，看著糙米就食不下嚥。而你又不輕易讓他得到，在他眼中小妾就是舊人而你就是新人。她容易到手，你卻難以得到，這就是妻子與小妾地位互換的方法。」朱氏聽了很高興，與恆娘成了無話不談的朋友。過了幾年，恆娘突然對朱氏說：「我們兩人感情好得宛若同一人，我也不應該對你隱瞞身世。以前想說，又怕你會起疑心。現在我將要離去，這才敢實言相告。我本是狐妖，年幼時受到繼母加害，被賣到京城。夫君待我很好，所以我不忍心離開他，依依不捨拖到現在。明日，家父就要羽化登仙，我要回家探望，不會再回來了。」朱氏握著她的手，十分傷心。第二天早上前往探望，狄家全家都驚慌失措，原來恆娘已經失蹤了。

記下奇聞異事的作者如是說：「買櫝還珠，就如同不寵愛妻子反而寵愛小妾，這是捨本逐末。若爲變恨爲愛的方法，才能在人間施行。古代那些佞臣侍奉國君，不外乎是讓國君見不到他人，不讓國君讀書。由此可見，無論是妻妾還是佞臣，獲得長寵不衰的辦法，都是透過老師來傳授的。」

葛巾

常大用，洛[1]人。癖好牡丹。聞曹州[2]牡丹甲齊、魯[3]，心向往之。適以他事如曹，因假搢紳[4]之園居焉。而時方二月，牡丹未華，惟徘徊園中，目注勾萌[5]，以望其拆[6]。作懷牡丹詩百絕。未幾，花漸含苞，而資斧將匱；尋典春衣[7]，流連忘返。

一日，凌晨趨花所，則一女郎及老嫗在焉。疑是貴家宅眷，亦遂遄返[8]。暮而往，又見之，從容避去。微窺之，宮妝豔絕。眩迷之中，忽轉一想：此必仙人，世上豈有此女子乎！急返身而搜之，驟過假山，適與媼遇。女郎方坐石上，相顧失驚。嫗以身幛女，叱曰：「狂生何為！」生長跪曰：「娘子必是神仙！」嫗咄之曰：「如此妄言，自當縶送令尹！」生大懼，女郎微笑曰：「去之！」過山而去。生返，不能徒步。意女郎歸告父兄，必有詬辱之來。偃臥空齋，自悔孟浪[9]。竊幸女郎無怒容，或當不復置念。悔懼交集，終夜而病。日已向辰，喜無問罪之師，心漸寧帖。而回憶聲容，轉懼為想。如是三日，憔悴欲死。秉燭夜分，僕已熟眠。嫗入，持甌[10]而進曰：「吾家葛巾娘子，手合鴆湯[11]，其速飲！」生聞而駭，既而曰：「僕與娘子，夙無怨嫌，何至賜死？既為娘子手調，與其相思而病，不如仰藥而死！」遂引而盡之。嫗笑，接甌而去。生覺藥氣香冷，似非毒者。俄覺肺鬲[12]寬舒，頭顱清爽，酣然睡去。既醒，紅日滿窗。試起，病若失，心益信其為仙。無可夤緣[13]，但於無人時，彷佛其立處、坐處，虔拜而默禱之。

一日，行去，忽於深樹內，覿[14]面遇女郎，幸無他人，大喜，投地。女郎近曳之，忽聞異香竟體，即以手握玉腕而起，指膚軟膩，使人骨節欲酥。正欲有言，老嫗忽至。女令隱身石後，南指曰：「夜以花梯度牆，四面紅窗者，即妾居也。」匆匆遂去。生悵然，魂魄飛散，莫能知其所往。至夜，移梯登南垣，則垣下已有梯在，喜而下，果有紅窗。室中聞敲棋聲，佇立不敢復前，姑踰垣歸。少間，再過之，子聲猶繁；漸近窺之，則女郎與一素衣美人相對著，老嫗亦在坐，一婢侍焉。又返。凡三往復，三漏已催[15]。生伏梯上，聞嫗出云：「梯也，誰置此？」呼婢共移去之。生登垣，欲下無階，恨悒[16]而返。次夕，復往，梯先設矣。幸寂無人，入，則女郎兀坐，若有思者。見生驚起，斜立含羞。生揖曰：「自謂福薄，恐於天人無分，亦有今夕耶！」遂狎抱之。纖腰盈掬，吹氣如蘭，撐拒[17]曰：「何遽爾！」生曰：「好事多磨，遲為鬼妒。」言未及已，遙聞人語。女急曰：「玉版妹子來矣！君可姑伏床下。」生從之。無何，一女子入，笑曰：「敗軍之將，尚可復言戰否？業已烹茗，敢邀為長夜之歡。」女郎辭以困惰。玉版固請之，女郎堅坐不行。玉版曰：「如此戀戀，豈藏有男子在室耶？」強拉之，出門而去。生膝行而出。恨絕，遂搜枕簟[18]。冀一得其遺物。而室內并無香匳[19]，祇床頭有水精[20]如意[21]，上結紫巾，芳潔可愛。懷之，越垣歸。自理衿袖，體香猶凝，傾慕益切。然因伏床之恐，遂有懷刑[22]之懼，籌思不敢復往，但珍藏如意，以冀其尋。

隔夕，女郎果至，笑曰：「妾向以君為君子也，而不知寇盜也。」生曰：「良有之。所以偶不君子者，第望其如意耳。」乃攬體入懷，代解裙結。玉肌乍露，熱香四流，偎抱之間，覺鼻息汗熏，無氣不馥。因曰：「僕固意卿為仙人，今益知不妄。幸蒙垂盼，緣在三生。但恐杜蘭香[23]之下嫁，終成離恨耳。」女笑曰：「君慮亦過。妾不過離魂之倩女[24]，偶為情動耳。此事宜要慎祕，恐是非之口，捏造黑白，君不能生翼，妾不能乘風，則禍離更慘於好別矣。」生然之，而終疑為仙，固詰姓氏。女曰：「既以妾為仙，仙人何必以姓名傳。」問：「嫗何人？」曰：「此桑姥。妾少時受其露覆，故不與婢輩同。」遂起，欲去，曰：「妾處耳目多，不可久羈，蹈隙當復來。」臨別，索如意，曰：「此非妾物，乃玉版所遺。」問：「玉版為誰？」曰：「妾叔妹也。」付鉤乃去。去後，衾枕皆染異香。由此三兩夜輒一至。生惑之，不復思歸。而囊橐[25]既空，欲貨馬，女知之，曰：「君以妾故，瀉囊質衣，情所不忍。又去代步，千餘里將何以歸？妾有私蓄，卿可助裝。」生辭曰：「感卿情好，撫臆誓肌[26]，不足論報；而又貪鄙，以耗卿財，何以為人矣！」女固強之，曰：「姑假君。」遂捉生臂，至一桑樹下，指一石，曰：「轉之！」生從之。又拔頭上簪，刺土數十下，又曰：「爬之。」生又從之。則甕口已見。女探入，出白鏹[27]近五十兩許；生把臂止之，不聽，又出十餘鋌[28]，生強反其半而後掩之。

一夕，謂生曰：「近日微有浮言，勢不可長，此不可不預謀也。」生驚曰：「且為奈何！小生素迂謹，今為卿故，如寡婦之失守，不復能自主矣。一惟卿命，刀鋸斧鉞[29]，亦所不遑顧耳！」女謀偕亡，命生先歸，約會於洛。生治任旋里，擬先歸而後逆之；比至，則女郎車適已至門。登堂朝家人，四鄰驚賀，而並不知其竊而逃也。生竊自危；女殊坦然，謂生曰：「無論千里外非邏察所及，即或知之，妾世家女，卓王孫當無如長卿何[30]也。」

生弟大器，年十七，女顧之曰：「是有慧根[31]，前程尤勝於君。」完婚有期，妻忽夭殞。女曰：「妾妹玉版，君固嘗窺見之，貌頗不惡，年亦相若，作夫婦可稱嘉耦。」生聞之而笑，戲請作伐[32]，女曰：「必欲致之，即亦非難。」喜問：「何術？」曰：「妹與妾最相善。兩馬駕輕車，費一嫗之往返耳。」生懼前情俱發，不敢從其謀；女固言：「不害。」即命車，遣桑嫗去。數日，至曹。將近里門，嫗下車，使御者止而候於途，乘夜入里。良久，偕女子來，登車遂發。昏暮即宿車中，五更復行。女郎計其時日，使大器盛服而逆之。五十里許，乃相遇，御輪而歸[33]；鼓吹花燭，起拜成禮。由此兄弟皆得美婦，而家又日以富。

一日，有大寇數十騎，突入第。生知有變，舉家登樓。寇入，圍樓。生俯問：「有仇否？」答言：「無仇。但有兩事相求：一則聞兩夫人世間所無，請賜一見；一則五十八人，各乞金五百。」聚薪樓下，為縱火計以脅之。生允其索金之請；寇不滿志，欲焚樓，家人大恐。女欲與玉版下樓，止之不聽。炫妝而下，階未盡者三級，謂寇曰：「我姊妹皆仙媛，暫時一履塵世，何畏寇盜！欲賜汝萬金，恐汝不敢受也。」寇眾一齊仰拜，喏聲：「不敢。」姊妹欲退，一寇曰：「此詐也！」女聞之，反身佇立，曰：「意欲何作，便早圖之！尚未晚也。」諸寇相顧，默無一言。姊妹從容上樓而去。寇仰望無跡，鬨然始散。

後二年，姊妹各舉一子，始漸自言：「魏姓[34]，母封曹國夫人。」生疑曹無魏姓世家，又且大姓失女，何得一置不問？未敢窮詰[35]，而心竊怪之。遂託故復詣曹，入境諮訪，世族并無魏姓。於是仍假館舊主人。忽見壁上有贈曹國夫人詩，頗涉駭異，因詰主人。主人笑，即請往觀曹夫人，至則牡丹一本，高與簷等。問所由名，則以此花為曹第一，故同人戲封之。問其：「何種？」曰：「葛巾紫[36]也。」心益駭，遂疑女為花妖。既歸，不敢質言，但述贈夫人詩以覘[37]之。女蹙然變色，遽出，呼玉版抱兒至，謂生曰：「三年前，感君見思，遂呈身相報；今見猜疑，何可復聚！」◆因與玉版皆舉兒遙擲之，兒墮地並沒。生方驚顧，則二女俱渺矣。悔恨不已。後數日，墮兒處生牡丹二株，一夜徑尺，當年而花，一紫一白，朵大如盤，較尋常之葛巾、玉版[38]，瓣尤繁碎。數年，茂蔭成叢；移分他所，更變異種，莫能識其名。自此牡丹之盛，洛下無雙焉。

異史氏曰：「懷[39]之專一，鬼神可通，偏反者[40]亦不可謂無情也。少府寂寞，以花當夫人[41]，況真能解語[42]，何必力窮其原哉？惜常生之未達也！」

◆**但明倫評點：**因見思乃來，因猜疑即去，花王有情亦有識。

葛巾因為常大用的思慕之情而嫁給他，也因為他的猜疑之心而離去，花王有情也有見識。

1 洛：洛陽，今河南省洛陽市。
2 曹州：古代州名，今山東省菏澤市。
3 齊、魯：山東省的別稱。
4 搢紳：仕宦。古代官員將笏插入綁於腰間一端下垂的腰帶上，故稱。搢，讀作「進」，插入。紳，束在腰間的大帶。
5 勾萌：草木剛長出來的嫩芽；彎的稱為勾，直的稱為萌。
6 拆：花朵綻放之貌。
7 典春衣：此指典當值錢的物品。
8 遄返：迅速折返。遄，讀作「船」，迅速。
9 孟浪：猶言鹵莽、莽撞。
10 甌：讀作「歐」，盆、盂等瓦器。此指碗。
11 手合鴆湯：親手調製的毒藥。鴆，讀作「振」，毒藥。
12 肺鬲：肺腑。鬲，讀作「隔」，通「隔」字。
13 夤緣：原意是攀附權貴，謀求官職。此指與葛巾相識的門路。夤，讀作「銀」。
14 覿：讀作「迪」，見到。
15 三漏已催：三更鼓已響。
16 悵悒：悵然飲恨、鬱鬱寡歡之意。悒，讀作「亦」。
17 撐拒：撐持抵抗。
18 簟：讀作「店」，竹席。此處應指床墊。

19香匳：女子梳妝用的鏡盒。匳，讀作「連」，同今「奩」字，是奩的異體字，此指女子梳妝用的小匣子，裡面裝化妝品、鏡子等梳妝用具。

20水精：即水晶。指透明的石頭。

21如意：一種搔癢的器物名稱。因為可供人搔癢，如人心意，故名。後來作為賞玩的器物，柄端多作靈芝或雲朵形，有吉祥的寓意。

22懷刑：畏懼禮法。出自《論語．里仁》：「君子懷刑。」

23杜蘭香：出自干寶《搜神記》所記載，漢代有名為杜蘭香的女子，成仙後又下嫁給凡人張傳為妻。此處意指常大用擔憂葛巾下嫁給他，因仙凡有別，終要分別。

24離魂之倩女：指倩女離魂的故事。事見唐代陳玄祐《離魂記》，倩娘原與王宙有婚約，後又另許配給他人，倩娘為此心中鬱悶，王宙懷恨乘舟離去。半夜，倩娘追到船上與王宙成婚生子，後返回娘家才知倩娘臥病在床多年，後來倩娘的魂魄與軀體合而為一，王宙才知一直陪伴他身邊的是倩娘的魂魄。

25囊橐：行囊、袋子。此指盤纏、旅費。橐，讀作「陀」，袋子、錦囊。

26撫臆誓肌：拍胸發誓日後定會圖報。出自南北朝謝朓〈辭隨王子隆牋〉：「撫臆論報，早誓肌骨。」臆，胸部。肌，身體、生命。

27白鏹：白銀。鏹，讀作「搶」。

28鋌：讀作「定」，此指銀錠。

29鉞：讀作「月」，大斧頭。

30卓王孫當無如長卿何：意謂世家望族之女與人私奔，父親怕家醜不可外揚，也不敢為難女婿。此處借用卓文君與司馬相如私奔的典故，漢代卓文君為富商卓王孫之女，有文才。正值文君新寡，與司馬相如私奔。事見《史記．司馬相如傳》。長卿，司馬相如字長卿。

31慧根：佛家語。能夠洞察真理，稱為慧；智慧具有照破一切虛妄、生出善法的能力，可成就一切功德，以至證成涅槃，故稱慧根。

32作伐：為人作媒。語出《詩經．豳風．伐柯》：「伐柯如何？匪斧不克；取妻如何？匪媒不得。」砍取作斧柄的材料，非斧頭不能辦到；迎娶心儀的女子，非媒人無法成真。後以「伐柯」代指作媒。

33御輪而歸：古代婚禮中迎親的其中一個環節。新娘離開娘家後，登上迎親的馬車，由新郎親自駕駛，待車輪轉了三圈之後，才交給車夫駕駛。

34魏姓：葛巾姊妹暗指自己的來歷。出自宋代歐陽修《洛陽牡丹記》：「魏家花者，千葉肉紅，花出魏相家。」

35詰：讀作「結」，問。

36葛巾紫：牡丹的品種之一，花形似人頭上所戴的葛布製成的頭巾，故名。

37覘：讀作「沾」，觀看、察視。

38玉版：牡丹品種之一，又名玉版白。單葉細長，白如玉版。

39懷：愛慕之情。

40偏反者：花朵，此指葛巾。典出《論語．子罕》：「唐棣之華，偏其反而；豈不爾思？室是遠而。」唐棣開花，翩然搖擺；我何嘗不思念呢？然而相距得太過遙遠了。

41少府寂寞，以當花夫人：唐代白居易所作〈戲題新栽薔薇詩〉：「少府無妻春寂寞，花開將爾當夫人。」少府，唐代縣尉的別稱。白居易曾任陝西盩厔（讀作「周至」），今陝西省周至縣）縣尉。

42解語：指葛巾能知曉人的心意。典故出自北周王仁裕《開元天寶遺事．卷三．解語花》：「明皇秋八月，太液池有千葉白蓮數枝盛開，帝與貴戚宴賞焉。左右皆嘆羨，久之，帝指貴妃示於左右曰：『爭如我解語花？』」。唐玄宗和楊貴妃一同觀賞白蓮，在場眾人都讚嘆花的嬌美。玄宗指著身旁的貴妃說：「又怎麼比得上我這朵解語花呢！」後以解語花比喻善解人意的女子。

白話翻譯

常大用，洛陽人氏，他特別喜愛牡丹花，聽聞曹州的牡丹冠絕山東，心生嚮往已久。有一回，他正好有事去曹州，借住在一個官紳的園林中。當時才初春二月，牡丹尚未開花，他徘徊在園裡，注視著剛長出來的嫩芽，期待花兒早日綻放，並且作了一百首吟詠牡丹的絕句。不久，牡丹的枝椏逐漸長出花苞，常大用的旅費卻即將用罄，他把身邊值錢的東西典當了換錢，流連在此不肯離去。

一天凌晨，他前往花園，看到一名女子和老媽子在那裡。常大用懷疑是富貴人家的女眷，急忙轉身離去。傍晚再到花園又見到她們，他從容地避開，略爲偷窺起來，女子身穿宮中婦女所穿的服飾，美豔動人，舉世無雙。正在目眩神迷之際，他忽然轉念一想：「這必定是仙女，凡間怎會有如此天姿國色呢！」急忙轉身去尋找她們，越過假山的時候匆匆忙忙，剛好遇到老媽子。女子正坐在石頭上，兩人互看一眼，女子大驚失色。老媽子用身體擋住她，喝斥道：「無禮狂徒想做什麼！」常大用長跪在地說：「娘子必定是神仙。」老媽子喝斥道：「如此胡言亂語，就該將你綁去送交官府審問！」常大用很害怕，女子微笑說：「讓他走吧！」接著繞過假山離去了。常大用回到書齋，雙腿發軟邁不開步子，心想女子回去後定會將此事稟告父兄，他們一定會來將他痛罵一番。他躺在空無一人的書齋中，後悔自己唐突了佳人，幸好女子臉上並無怒容，或許她並不把這事放在心上。常大用又是悔恨又是懼怕，過了一夜就生了場病。天亮以後，心中竊喜無人前來問罪，心情也逐漸放鬆下來。

常大用回憶起女子的聲音容貌，從害怕轉變爲思念，過了三天，竟憔悴得快要死了。到了晚上，僕人都已熟睡，老媽子走了進來，端著一個碗遞給他說：「我家葛巾娘子，親手調製了毒藥，你快喝下！」常大用聽了很是驚訝害怕，接著說：「我與你家娘子一向無冤無仇，何至於賜死我？既然是娘子親手調製的，與其爲了她相思成疾，還不如服毒而死！」仰頭將藥湯喝完了。老媽子笑著，接過碗就離去。常大用只覺藥氣香冷，不像毒藥。不久，感到肺腑舒暢，頭腦也跟著清爽起來，得以酣然入睡。醒來之後，太陽已經升起，他試著坐起身，病好像痊癒了，他心裡更加堅信不疑，葛巾是個神仙。只恐沒有門路與她相識，只好在沒人的時候，到她站過、坐過的地方，虔誠的跪拜默禱。

一天，他在花園裡行走，忽然在密林中，和葛巾面對面相見，她身邊無人跟著，常大用很高興，跪在地上叩頭。葛巾上前將他拉起來，忽然，他聞到葛巾全身散發出一股奇異的香味，藉機用手握住她的手腕站起了身。葛巾的肌膚柔軟滑嫩，摸了讓人骨頭都要酥了。常大用正要開口，老媽子忽然來了，葛巾叫他躲到石頭後面，指著南面說：「你晚上用花梯翻牆，有間四面紅窗的屋子，就是我住的地方。」說完匆匆離去。常大用悵然若失，魂魄都不知飛到哪裡去了，不知該往何方。到了晚上，他搬來梯子，爬到南邊的牆上，牆下已經有梯子，他很高興地順著梯子爬下去，果然看見有紅窗的屋子。只聽屋裡傳來棋子落在棋盤上的聲音，他站在原地不敢上前，只好又翻牆回去。過了一段時間，他又翻牆過去，落子聲依然頻繁。他慢慢靠近偷窺，看見葛巾與一位白衣美女對坐下棋，老媽子也坐在旁邊，一位婢女在旁伺候。常大用又翻牆回去，如此來回奔波三次，三更鼓已響。常大用趴在梯子上，聽見老媽子出來說：「這梯子，是誰放在這裡的啊？」便叫來婢女一起把梯子搬走了。常大用爬到牆上，想下去卻沒有梯子，只好悶悶不樂地回去了。

第二天晚上，他又翻牆前去，梯子已經預先架好了。幸好四周寂靜無人，他進了屋子，只見葛巾獨坐，似乎在想些什麼，見到常大用，驚訝地站了起來，側身作含羞貌。常大用向她作揖，說：「我自知福薄，恐怕與仙女沒有緣分，沒想到也有今夜啊！」說完，他將葛巾抱在懷裡。葛巾的腰很細，用雙手就能握住，吐氣如蘭，她推開他說：「何必如此著急！」常大用說：「好事多磨，遲了怕遭鬼妒忌。」話還沒說完，遠遠聽見有人說話的聲音。葛巾急忙說：

「玉版妹妹來了！你可暫時躲到床底下。」常大用照她說的去做。不久，一名女子進屋，笑道：「手下敗將，還能再與我一戰嗎？我已經烹好香茗，特來邀你歡聚一宵。」葛巾推託道自己疲乏想休息了。玉版不斷相邀，葛巾堅決坐著不肯走。玉版說：「你如此捨不得離開，莫非是在屋裡藏了男人？」硬是將她拉了起來，走出門去。

常大用從床下爬出來，心中沮喪，就在葛巾的床上翻找，希望能找到一件她遺留的物品，然而屋內並沒有梳妝的鏡盒，床頭放著一個水晶如意，上面綁著一條紫巾，又香又亮令人喜愛。他把如意揣在懷中，翻牆回去了。他整理衣服，葛巾的體香仍在，對她更加傾慕。然而躲在床下的經驗讓他恐懼，深怕惹禍上身，考慮再三仍不敢再度前往，只將如意珍藏，希望葛巾能前來相尋。

過了一晚，葛巾果然來了，笑道：「我一直以爲你是個君子，沒想到竟然是個小偷。」常大用說：「我的確拿了你的東西，我偶爾也不當個君子，只不過希望如意而已。」他就將葛巾攬入懷中，替她解開裙帶上的結，露出雪白的肌膚，體香四溢。兩人摟抱之際，常大用只覺得葛巾的呼吸汗味，無一不芳香，便說：「我想你應該是個仙女，現在更知不虛。幸蒙垂愛，眞是緣定三生。仙凡有別，只恐仙女下嫁於我，終有一日要分離。」葛巾笑道：「你憂慮得太多了。我只不過是個離魂的倩女，偶然動情罷了。這件事一定要保密，恐怕被人搬弄是非，顚倒黑白。你沒有翅膀，我也不能乘風飛翔，因爲惹禍上身而分離，比那好聚好散要更悽慘啊。」

葛巾
蘭氣已是
降雲
車何必倩
源更
泛槎省識
秋風
團扇冷不
應留
子只留花
葛巾

常大用答應她，然而始終懷疑她是仙女，再三詢問她的姓氏。葛巾說：「你既然認爲我是仙女，仙人又何必留下姓名傳世呢？」常大用又問：「老媽子是誰？」葛巾說：「她是桑姥姥。我小時候承蒙她的照拂，對待她與婢女不同。」葛巾起身欲走，說：「我的住處耳目眾多，不可在此久留，得空我會再來。」臨別時，她向常大用索要如意，說：「這不是我的東西，是玉版落下的。」常大用問：「玉版是誰？」葛巾答：「她是我的堂妹。」常大用將如意交給葛巾，她離去後，被子和枕頭上都沾染了她身上的奇異香味。

從此，葛巾每隔三兩夜就來一次，常大用被她所迷，不想再回洛陽。然而囊中羞澀，便打算賣馬。葛巾得知後，對他說：「你因爲我的緣故，盤纏用盡，典當物品，我於心不忍。現在又把馬賣掉，千里之遙要如何回家？我尚有些積蓄，可以補貼你的日常開銷。」常大用推辭說：「你的情意我很感動，我即便肝腦塗地也不足爲報；但我怎能不顧廉恥，貪圖你的錢財？這要我如何做人啊！」葛巾堅持要他收下，說：「就算是我借給你的。」她拉著常大用的手臂，來到一棵桑樹下，指著一塊石頭說：「轉動它。」常大用依言去做。葛巾又取下頭上的髮簪，往泥土刺上數十下，又說：「把土撥開。」常大用也照做了，看到土中露出大甕的瓶口。葛巾伸手進去，取出五十多兩白銀；常大用拉住她的手臂不讓她再拿，葛巾不聽，又取出十幾錠，常大用堅決要她放回去一半，才將土掩上。

一晚，葛巾對常大用說：「最近有些許閒言閒語，此風不可長，我們不能不預先打算。」

常大用驚訝道：「那該如何是好呢？我素來迂腐拘謹，現在因爲你的緣故，就像寡婦失去了貞操，全然沒了主意。一切都聽從你的吩咐，就算刀斧加身，我也顧不了這麼多了！」葛巾謀劃一起私奔，要常大用先返鄉，兩人約好在洛陽會面。常大用收拾好行李回歸故里，打算先回家後再來接葛巾；然而剛剛到家，葛巾的車子已到了門外。葛巾就登上大堂，接受家僕奴婢的叩拜，左鄰右舍聽說此事都來道賀，並不知道葛巾是私逃出來的。常大用心裡始終不安，葛巾卻很坦然，對他說：「且不說千里之外他們查不到此處，就是被他們知道了，我是官宦人家的女兒，想必家父也拿你這個女婿沒轍。」

常大用的弟弟大器，十七歲，葛巾看著他說：「此人有慧根，他的前程遠大，更勝於你。」大器的婚期已經訂好，未婚妻卻突然死了。葛巾說：「我的堂妹玉版，你以前曾經見過，容貌並不醜陋，與令弟年紀相仿，他們倆若結爲夫妻必定是佳偶。」常大用聽了就笑起來，開玩笑說請葛巾做媒。葛巾說：「如果一定要找她來，也非難事。」常大用高興地問：「有什麼辦法？」葛巾說：「堂妹與我感情最好。只要用兩匹馬駕一輛輕車，派一個老媽子，曹州來回跑一趟就行了。」常大用擔心他們私奔的事因此洩露出去，不敢答允。葛巾再三保證說：「無妨。」便命人備車，派桑姥姥前去。幾天後，車子抵達曹州，在快到鄉里的地方，桑姥姥下了車，讓車夫停車在路邊等候，她趁著夜色進入村中。許久，她帶了一個女子一併回來，上車就出發了。她們晚上就睡在車裡，五更天繼續趕路。葛巾計算時間，讓大器穿著禮服前去迎接，走了五十多里路才遇上玉版。常大器就駕車回家，鼓樂之聲不絕於耳，點亮花燭，新郎新娘拜堂成親。從此，常家兄弟都娶到嬌妻，家中又逐漸富裕起來。

一天，突然來了一夥數十個騎馬的強盜，衝進常家府邸。常大用知道家中發生變故，帶全家人上樓。強盜闖進來，將樓房圍住。常大用俯身問：「我和你們有仇嗎？」強盜答：「沒有仇怨。只有兩件事相求：一是聽說兩位夫人豔麗無雙，世間絕無僅有，想見上一面；二是我們兄弟共有五十八人，要給我們每人各賞五百兩銀子。」說完，強盜們在樓下堆上乾柴，打算放火來脅迫。常大用答應給他們錢；強盜們不滿意，仍然要燒樓，家人都很驚恐。葛巾想要和玉版一起下樓，家人阻止也不聽。她們豔妝走下去，在離地面剩三階的地方站定，對強盜說：「我們姊妹都是仙女，暫且到人間一遊，哪裡會畏懼強盜！就算想賞賜你們白銀萬兩，只怕你們還不敢接受。」強盜們全部對她們叩首跪拜，齊聲說：「不敢。」姊妹倆剛要轉身上樓，其中一個強盜說：「她們在欺騙我們！」葛巾聽了，轉身站住，說：「意欲何為，早作打算，還不算太遲。」強盜們面面相覷，無人敢發一言。姊妹倆從容上樓離去。強盜們仰頭看不到蹤影，這才一哄而散。

兩年後，姊妹倆各生了一個兒子，葛巾才逐漸說出自己的來歷家世，自我介紹說：「我姓魏，母親被封為曹國夫人。」常大用懷疑曹州並無姓魏的世家，況且大戶人家丟失了女兒，怎麼會不派人尋找呢？他不敢追問到底，只是在心裡感到疑惑，就編個藉口再次前往曹州。他在曹州境內四處探訪，發現並無姓魏的世家。於是仍住在先前的客棧裡，忽然看到牆壁上有一首

〈贈曹國夫人〉詩，內容頗爲怪異，就向主人詢問。主人笑著，請他前去看望曹國夫人。到了園子裡看到一株牡丹花，與屋簷等高，常大用問這花名字的由來，原來是這株花冠絕曹州，所以和人開玩笑地封之爲曹國夫人。常大用問起花的品種，客棧主人說：「這是葛巾紫。」常大用心中更覺驚駭，於是懷疑葛巾是花妖所變。他回家後，不敢去質問葛巾，只是說起那首〈贈曹國夫人〉詩，看看她作何反應。葛巾突然臉色大變，立刻走了出去，叫玉版把兒子抱來，對常大用說：「三年前，被你的思慕之情所打動，才以身相許；現在你既然懷疑我的出身，又怎麼能繼續在一起呢！」

說完，她和玉版一起舉高孩子，遠遠地拋了出去。孩子一落地就消失，常大用正驚訝地看著，葛巾和玉版也消失無蹤了，他這才悔恨不已。數日後，孩子落地的地方長出兩株牡丹，一夜之間長成一尺高，當年就開了花，一株紫色，一株白色，花朵像盤子那麼大，花瓣比一般的葛巾、玉版生得更加繁碎。幾年後，兩株牡丹枝繁葉茂，形成一片花叢。移株到別的地方栽種，更變生出新的品種，沒人能辨識花的名字，從此洛陽的牡丹花冠絕天下。

記下奇聞異事的作者如是說：「專一的感情，即便是鬼神也會有所感知，葛巾對常大用也不能說是無情了。白居易春來寂寞時，將薔薇花當做夫人，何況若眞能善解人意，又何必一定要追問它的來歷呢？可惜常大用見識不夠深遠啊！」

卷十一

天機不可洩露，
命中玄幻倘若探究得過頭，
後悔懊喪尚屬其次，
禍延子孫才是最得不償失。

馮木匠

撫軍周有德[1]，改創故藩邸[2]為部院衙署。時方鳩工[3]，有木作匠馮明寰直[4]宿其中。夜方就寢，忽見紋窗半開，月明如晝。遙望短垣上，立一紅雞；注目間，雞已飛搶至地[5]。俄一少女露半身來相窺。馮疑為同輩所私；靜聽之，眾已熟眠。私心怔忡，竊望其悮[6]投也。少間，女果越窗過，徑已入懷。馮喜，默不一言。歡畢，女亦遂去。自此夜夜至。初猶自隱，後遂明告。女曰：「我非悮就，敬相投耳。」兩人情日密。既而工滿，馮欲歸，女已候於曠野。馮所居村，離郡[7]固不甚遠，女遂從去。既入室，家人皆莫之睹，馮始知其非人。迨數月，精神漸減，心益懼，延師[8]鎮驅，卒無少驗。一夜，女豔妝來，向馮曰：「世緣[9]俱有定數：當來推不去，當去亦挽不住。今與子別矣。」遂去。◆

◆何守奇評點：鬼緣。

與鬼的緣分。

1 周有德：字彝初，漢軍鑲紅旗人。康熙二年為山東巡撫，治理政務頗有績效。撫軍，古代巡撫的別稱。
2 故藩邸：指明朝藩王故宅第。
3 鳩工：召集工人。
4 直：通「值」，值班，當值。
5 飛搶至地：飛撞到地面上。
6 悮：同「誤」，是誤的異體字。
7 郡：此指濟南府城。
8 師：指巫師。古代替人向鬼神祈禱，求鬼神賜福、解決問題的人。
9 世緣：人世間的因緣，此指夫妻緣分。

馮木匠
月明如晝紙窗
開草ゝ捫緣自
去來垣上紅雞
村外鳴此案離
合費疑猜

白話翻譯

山東巡撫周有德，將前朝藩王的王宮舊址改建爲巡撫衙門。正在召集工人時，有個叫馮明寰的木匠在裡面值班。一天晚上，他剛躺下睡覺，忽見一扇窗戶半開，月光明亮如同白晝。他看見遠方矮牆上站著一隻紅色的雞，正在凝視時，紅雞已經飛落到地。不久，一名少女探出半身朝屋裡窺視。馮木匠以爲是同僚的情人，安靜地留心起四周動靜，發現同僚們都已經熟睡。他的心中不安，暗暗希望這名少女能走錯進入他的房間。不久，少女果然跳窗進來，直撲他的懷裡。馮木匠很高興，但保持默不吭聲，兩人雲雨一番之後，少女就離開了。

從此以後，那名少女每晚上都來，剛開始馮木匠還打算隱瞞心中想法，後來仍是坦言一切。少女說：「我不是誤闖你的房間，是敬重你才前來投奔。」兩人感情日漸密切。後來，工期滿了，馮木匠準備回家，少女已經在曠野等候。馮木匠住的村子本就離縣城不遠，少女跟他一同回去，一進屋裡，馮木匠的家人卻都看不見她，他才知道少女不是人。

過了幾個月，馮木匠的精神越來越差，心中更加害怕，請來巫師作法驅邪，卻無甚成效。一夜，那名少女濃妝豔抹地前來，對馮木匠說：「世上的緣分都是註定的，要來的時候無法推卻，要走的時候也無法挽留。我今天就是前來辭別的。」說完就此離去。

黃英

馬子才，順天人。世好菊，至才尤甚，聞有佳種，必購之，千里不憚[1]。一日，有金陵客寓其家，自言其中表親[2]有一二種，為北方所無。馬欣動，即刻治裝，從客至金陵。客多方為之營求，得兩芽[3]，裹藏如寶。歸至中途，遇一少年，跨蹇從油碧車[4]，丰姿灑落。漸近與語。少年自言：「陶姓。」談言騷雅[5]。因問馬所自來，實告之。少年曰：「種無不佳，培溉在人。」因與論藝[6]菊之法。馬大悅，問：「將何往？」答云：「姊厭金陵，欲卜居於河朔[7]耳。」馬欣然曰：「僕雖固貧，茅廬可以寄榻。不嫌荒陋，無煩他適。」陶趨車前，向姊咨稟。車中人推簾語，乃二十許絕世美人也。顧弟言：「屋不厭卑，而院宜得廣。」馬代諾之，遂與俱歸。

第南有荒圃，僅小室三四椽[8]，陶喜，居之。日過北院，為馬治菊。菊已枯，拔根再植之，無不活。然家清貧，陶日與馬共食飲，而察其家似不舉火。馬妻呂，亦愛陶姊，不時以升斗餽卹之。陶姊小字黃英，雅善談，輒過呂所，與共紉績[9]。陶一日謂馬曰：「君家固不豐，僕日以口腹累知交，胡可為常。為今計，賣菊亦足謀生。」馬素介[10]，聞陶言，甚鄙之，曰：「僕以君風流高士，當能安貧；今作是論，則以東籬[11]為市井，有辱黃花矣。」陶笑曰：「自食其力不為貪，販花為業不為俗。人固不可苟求富，然亦不必務求貧也。」馬不語，陶起而出。自是，馬所棄殘枝劣種，陶悉掇拾[12]而去。

由此不復就馬寢食，招之始一至。未幾，菊將開，聞其門囂喧如市。怪之，過而窺焉，見市人買花者，車載肩負，道相屬也[13]。其花皆異種，目所未睹。心厭其貪，欲與絕；而又恨其私祕佳本[14]，遂款其扉，將就誚讓[15]。陶出，握手曳入。見荒庭半畝皆菊畦[16]，數椽之外無曠土。斸[17]去者，則折別枝插補之；其蓓蕾在畦者，罔不佳妙，而細認之，皆向所拔棄也。陶入屋，出酒饌，設席畦側，曰：「僕貧不能守清戒，連朝幸得微貲，頗足供醉。」少間，房中呼「三郎」，陶諾而去。俄獻佳肴，烹飪良精。因問：「貴姊胡以不字？」答云：「時未至。」問：「何時？」曰：「四十三月。」又詰：「何說？」但笑不言，盡歡始散。過宿，又詣之，新插者已盈尺矣。大奇之，苦求其術。陶曰：「此固非可言傳，且君不以謀生，焉用此？」又數日，門庭略寂，陶乃以蒲席包菊，捆載數車而去。

逾歲，春將半，始載南中[18]異卉而歸，於都中設花肆，十日盡售，復歸藝菊。問之去年買花者，留其根，次年盡變而劣，乃復購於陶。陶由此日富，一年增舍，二年起夏屋[19]。興作從心，更不謀諸主人。漸而舊日花畦，盡為廊舍。更於牆外買田一區，築墉[20]四周，悉種菊。至秋，載花去，春盡不歸。而馬妻病卒。意屬黃英，微使人風示之。黃英微笑，意似允許，惟專候陶歸而已。

年餘，陶竟不至。黃英課僕種菊，一如陶。得金益合商賈，村外治膏田二十頃，甲第益壯。忽有客自東粵[21]來，寄陶生函信，發之，則囑姊歸馬。考其寄書之日，即妻死之日；回憶園中之飲，適四十三月也，大奇之。以書示英，請問：「致聘何所？」英辭不受采，又以故居陋，欲使就南第居，若贅焉。馬不可，擇日行親迎禮。黃英既適馬，於間壁開扉通南第，日過課其僕。馬恥以妻富，恆囑黃英作南北籍[22]，以防淆亂。而家所須，黃英輒取諸南第。不半歲，家中觸類皆陶家物。馬立遣人一一齎還[23]之，戒勿復取。未浹旬[24]，又雜之。凡數更，馬不勝煩。黃英笑曰：「陳仲子[25]毋乃勞乎？」馬慚，不復稽，一切聽諸黃英。鳩工庀料[26]，土木大作，馬不能禁。經數月，樓舍連亙，兩第竟合為一，不分疆界矣。然遵馬教，閉門不復業菊，而享用過於世家。馬不自安，曰：「僕三十年清德，為卿所累。今視息人間，徒依裙帶而食，真無一毫丈夫氣矣。人皆祝富，我但祝窮耳！」黃英曰：「妾非貪鄙，但不少致豐盈，遂令千載下人[27]，謂淵明[28]貧賤骨，百世不能發跡，故聊為我家彭澤[29]解嘲耳。然貧者願富，為難；富者求貧，固亦甚易。床頭金任君揮去之，妾不靳[30]也。」馬曰：「捐他人之金，抑亦良醜。」英曰：「君不願富，妾亦不能貧也。無已，析君居。清者自清，濁者自濁，何害？」乃於園中築茅茨[31]，擇美婢往侍馬。馬安之。然過數日，苦念黃英。招之，不肯至；不得已，反就之。隔宿輒至，以為常。黃英笑曰：「東食西宿[32]，廉者當不如是。」馬亦自笑，無以對，遂復合居如初。

會馬以事客金陵，適逢菊秋。早過花肆，見肆中盆列甚煩，款朵[33]佳勝，心動，疑類陶製。少間，主人出，果陶也。喜極，具道契闊，遂止宿焉。要之歸，陶曰：「金陵，吾故土，將婚於是。積有薄貲，煩寄吾姊。我歲杪[34]當暫去。」馬不聽，請之益苦。且曰：「家幸充盈，但可坐享，無須復賈。」坐肆中，使僕代論價，廉其直，數日盡售。逼促囊裝，賃舟遂北。入門，則姊已除舍，床榻裀褥皆設，若預知弟也歸者。陶自歸，解裝課役，大修亭園，惟日與馬共棋酒，更不復結一客。為之擇婚，辭不願。姊遣兩婢侍其寢處，居三四年，生一女。陶飲素豪，從不見其沉醉。有友人曾生，量亦無對。適過馬，馬使與陶相較飲。二人縱飲甚歡，相得恨晚。自辰以迄四漏，計各盡百壺。曾爛醉如泥，沉睡座間。陶起歸寢，出門踐菊畦，玉山傾倒[35]，委衣於側，即地化為菊◆，高如人，花十餘朵，皆大於拳。馬駭絕，告黃英。英急往，拔置地上，曰：「胡醉至此！」覆以衣，要馬俱去，戒勿視。既明而往，則陶臥畦邊。馬乃悟姊弟菊精也，益愛敬之。

而陶自露跡，飲益放，恆自折柬招曾，因與莫逆。值花朝[36]，曾來造訪，以兩僕舁[37]藥浸白酒一罈，約與共盡。罈將竭，二人猶未甚醉。馬潛以一瓻[38]續入之，二人又盡之。曾醉已憊，諸僕負之以去。陶臥地，又化為菊。馬見慣不驚，如法拔之，守其旁以觀其變。久之，葉益憔悴。大懼，始告黃英。英聞駭曰：「殺吾弟矣！」奔視之，根株已枯。痛絕，掐其梗，埋盆中，攜入閨中，日灌溉之。馬悔恨欲絕，甚怨曾。越數日，聞曾已醉死矣。盆中花漸萌，九月既開，短幹粉朵，嗅之有酒香，名之「醉陶」，澆以酒則茂。後女長成，嫁於世家。黃英終老，亦無他異。

異史氏曰：「青山白雲人[39]，遂以醉死，世盡惜之，而未必不自以為快也。植此種[40]于庭中，如見良友，如對麗人，不可不物色之也。」

◆**馮鎮巒評點**：人化為菊，真是好看。

人變作菊花，真是好看。

1 千里不憚：不畏懼路途遙遠。憚，讀作「但」，懼怕。
2 中表親：古代稱父親的姊妹的兒子為外兄弟，稱母親的兄弟姊妹的兒子為內兄弟；外為表，內為中，合稱中表親。
3 兩芽：兩株幼苗。菊花芽栽，從老本上新長出的幼苗稱為「芽」。
4 油碧車：也作「油壁車」，車壁塗上油漆裝飾而得名，為古時婦女乘坐的馬車。
5 騷雅：原是《楚辭》中的〈離騷〉，《詩經》中的〈大雅〉、〈小雅〉合稱，代指文學修養或有文藝氣息。
6 藝：種植。
7 河朔：黃河以北的地區。
8 椽：讀作「船」，架於屋梁的橫木之上，用以承接木條及屋頂的斜鋪木材。

9 紉績：泛指女紅。

10 介：形容為人清高耿直。

11 東籬：典出晉陶淵明〈飲酒詩〉：「採菊東籬下，悠然見南山。」在房屋東面的籬笆下採菊花，悠閒自得望見南山。這裡以「東籬」代指種植菊花的園圃。

12 掇拾：採下、撿起。掇，讀作「奪」。

13 道相屬也：形容一條路上擠滿了人，人潮絡繹不絕的樣子。相屬，連綿不斷。屬，此處讀作「主」，連續、聚集。

14 佳本：優良的品種。

15 誚讓：譴責、指責。誚，讀作「俏」。

16 菊畦：種植菊花的園圃。畦，讀作「期」，田園、園圃。

17 斸：讀作「竹」，砍削、斫伐，此指挖掘。

18 南中：泛指南方。

19 夏屋：高大寬廣的樓房。

20 墉：圍牆。

21 東粵：廣東省的別稱。

22 南北籍：南北兩座宅院各自分立帳簿，意指夫妻二人在財務方面劃清界線。

23 齎還：歸還。齎，讀作「積」，贈送物品給人。

24 浹旬：十日。古代以干支紀日，稱自甲至癸一周滿十天為「浹」，讀作「夾」，即一旬。

25 陳仲子：戰國時齊國操守高潔之士。

26 鳩工庀料：召集工匠，置備建築材料。庀，讀作三聲「匹」，具備。

27 千載下人：千年以後的人。下人，此為後人、後世之意。

28 淵明：即陶淵明。本名陶潛，生於西元三六五年，卒於西元四二七年。晉潯陽柴桑人，陶侃的曾孫，一名淵明，字元亮，安貧樂道，不願「為五斗米而折腰」，出仕做官沒多久，又退隱山林。曾作〈五柳先生傳〉以自喻，世稱「靖節先生」。所作《歸去來辭》，表明他不願作官同流合汙的心跡，成為傳誦千古的佳作。

29 我家彭澤：指陶淵明。陶淵明曾為彭澤縣令，黃英也姓陶，故曰「我家彭澤」。

30 靳：吝惜。

31 茅茨：茅草屋。茨，讀作「詞」，在此為茅草或葦草屋頂之意。

32 東食西宿：東家就食，西家投宿。比喻兼得兩利，引申指貪婪。

33 款朵：花朵的品種、樣式。

34 歲杪：年末。杪，讀作「秒」，末端、末梢之意。

35 玉山傾倒：形容喝醉酒摔倒在地。

36 花朝：農曆二月十二日或十五日為百花生日，稱為「花朝節」。朝，在此讀作「昭」。

37 舁：讀作「魚」，抬、扛舉。

38 瓻：讀作「吃」，裝酒的器具。

39 青山白雲人：典出《舊唐書．傅奕傳》，唐代傅奕嗜酒成癡，生平染病從不看醫生吃藥，八十五歲了還經常喝得酩酊大醉。有一天突然說自己快死了，就寫了一段墓誌銘：「傅奕，青山白雲人也。因酒醉死，嗚呼哀哉！」後以「青山白雲人」比喻一個人縱情放浪、心胸曠達如青山白雲。

40 此種：指前文所述的菊花品種「醉陶」。

白話翻譯

馬子才是順天府人，家中世代都喜歡菊花，馬子才尤其著迷。只要聽說有好的品種就一定要買回家，即使遠隔千里也在所不惜。有一天，有個從南京來的人借住在他家中，那人說，他的親戚有一、兩個菊花品種，是北方沒有的，馬子才聽說後十分心動，立刻整理行裝，跟那人到了南京。那人想盡辦法，終於為他取得了兩株菊花苗，馬子才像得了寶貝一般，小心翼翼把菊花苗包起來。在回家路上，馬子才遇到一個年輕人，騎著驢子跟在一輛油壁車後面，看上去風度翩翩。這人逐漸走近後，馬子才和他搭話，那人自我介紹道：「在下姓陶。」陶公子談吐溫文儒雅，問起馬子才從何處來，馬子才如實以告。陶公子說：「菊花品種沒有優劣之別，關鍵在於種的人如何培養。」就和馬子才討論起種菊的方法與心得。馬子才很高興，問：「你們要往何處？」陶公子答：「家姊討厭金陵，想搬到河北去住。」馬子才很高興地說：「我雖然家境貧窮，尚有空屋子可以住人。如果不嫌寒舍簡陋，可以到我家住下。」陶公子就在車前與姊姊商量。車中人掀簾答話，竟是一位二十多歲的絕代佳人。她望著弟弟說：「房子不怕小，庭院要寬廣一點。」馬子才代為答應，便一同回家。

馬子才房子的南面有塊荒廢的園圃，只有三、四間小屋，陶公子欣然在那裡住下，每日到北院替馬子才打理菊花。有的菊花已經枯萎，他就連根拔起，重新栽種，被他打理過的菊花沒有枯死的。馬家清貧，馬子才與陶公子每日一同飲食，才察覺到陶家從未開伙。馬子才的妻子呂氏也很喜歡陶姊姊，不時送她一些米糧。陶家姊姊小名黃英，她喜歡聊天，因此也經常到呂氏住所，與呂氏一同織布。

有一天，陶公子對馬子才說：「你家裡原本就不富裕，我每天在你家白吃白喝恐怕會拖累你，怎可以這樣長久下去呢？我想到一個解決辦法：賣菊花也能夠維持開銷。」馬子才向來清高耿直，聽陶公子這麼一說，心生鄙視，道：「我原以爲閣下是個高尚文雅的人物，能夠安於貧困；現在你說出這樣的話，竟然把菊花當成商品，未免折損了菊花。」陶公子笑道：「自食其力非是貪得無厭，賣花爲生並不庸俗。一個人固然不能貪圖富貴，但也不是一定要把自己弄得窮途潦倒才算清高。」馬子才沒回答，陶公子就起身離開。從此，馬子才丟掉的殘枝劣種，陶公子都把它們撿了去。

他搬出了馬家宅院，也不在他們家吃飯，除非馬子才邀請才去。不久，陶公子種的菊花開了，陶家門庭若市，馬子才感到奇怪，偷偷去看，只見到陶家買花的人多不勝數，絡繹不絕，有的用車裝載，有的用扁擔挑著。那些菊花都是奇特珍稀的品種，馬子才從未見過。他對於陶公子的貪得無厭感到厭惡，想與他斷交，又恨他私藏獨特的品種，就上門去想要數落他一頓。陶公子出來，拉著馬子才的手請進去。只見半畝荒蕪的庭院都成了菊園，房子以外沒有空地。花被挖走的坑洞，就用其他花枝插補上去，含苞的花沒有一株是入不了眼的。馬子才仔細一看，這些菊花竟都是以前被他扔掉的。陶公子進屋，擺上酒菜，就在菊園旁邊設席，說：「我家境貧窮，不能遵守清規，這幾天賺了點錢，可以讓我們暢飲一番。」

不久，屋裡有人喚「三郎」。陶公子答應一聲，走了進去，不久擺出各式珍饈，盡皆烹煮得十分美味。馬子才問：「令姊爲何仍待字閨中？」陶公子答：「時辰未到。」馬子才問：「那是什麼時候？」陶公子答：「四十三個月之後。」馬子才又問：「此話怎講？」陶公子但笑不語，暢飲一番才離開。馬子才隔夜又去陶公子家，看見新插枝的菊花，已經長到一尺高了。馬子才感到很神奇，不斷懇求陶公子傳授他種植菊花的秘訣。陶公子說：「栽種菊花非是言語可以傳授。你也不靠種花謀生，又何必知曉呢？」又過幾天，到陶公子家買花的人逐漸減少，他就用蒲席包著菊花，捆紮著裝滿幾車便離去了。

第二年，春半時分，陶公子用馬車從南方載著北方所沒有的花卉品種回來了，在城裡開設花鋪，不過十天光景，花就全部出售完畢，他又回家種菊花。去年買花的人留下花根，第二年都壞死了，於是重新向他購買。他因此逐漸變得富裕，第一年蓋新房子，第二年蓋起高樓大院。他按照自己的心意興建房宅，不與馬子才商量。先前的花園都變成了房舍，他重新在牆外買了一片田地，在四周築起圍牆，全都種上菊花。到了秋天，他裝載好幾車的菊花離去，第二年暮春時節仍未歸來。就在這時，馬子才的妻子染病過世了，馬子才喜歡黃英，暗中派人去探她口風。黃英只是微微一笑，狀似同意，只說要等弟弟回來再議。

黃英
千里萍蹤卜隱居滔
香花氣
夢醒初良緣應為梅
花妬霧
士風流轉不如
黃英

一年多後，陶公子仍未歸家。黃英督促僕人栽種菊花，她種的與陶公子種的一樣好。賺了錢又聯合商人，在村外經營良田二十頃，蓋了更多美輪美奐的高樓。忽然有一日，一個從廣東來的旅客捎來陶公子的信，拆開一看，是囑咐姊姊嫁給馬子才。問他寄信的日子，正是馬子才妻子去世那天，回想起在菊園喝酒的情景，到現在正好四十三個月，馬子才大爲震驚，把信拿給黃英看，問她要準備什麼聘禮。黃英拒不接受，她知道馬家貧窮，想讓馬子才住在南邊的宅院裡，就像入贅到陶家一樣。馬子才不肯，便挑了一個黃道吉日迎親。黃英嫁給馬子才後，在牆上開了一扇門通向南邊的房舍，每天過去督促陶家的僕人種花。馬子才認爲靠黃英的家業維生是件可恥的事，總是勸說黃英要把兩家的帳本分開管理。一切生活用度，黃英總是從南邊陶家的房屋裡取來，如此不到半年，家中所用都成了陶家的東西。馬子才又派人把東西一一送回去，警告黃英不要再從陶家拿東西，不到十天，南北兩家的東西又混在一起，來來去去換了好幾次，馬子才不堪其擾。黃英笑道：「陳仲子太操煩了！」馬子才感到慚愧，遂不再查問，一切任由黃英安排。她招聘工人準備材料，大興土木，馬子才無法阻止她，過了幾個月後，樓房連亙不絕，南北兩邊的房屋連成一片，不分彼此。

不過黃英仍聽從馬子才的意見，不再經營菊花買賣，吃穿用度比尋常富戶更加奢侈，馬子才不習慣如此奢華的生活，就對黃英說：「我三十年不貪富貴的德行操守，如今都被你給敗壞了。如今我只能依靠妻子來過日子，眞是沒有男子氣概。人們都祈求發家致富，我卻只安於貧窮。」黃英說：「我並非貪得無厭之人，但若不能累積財富，千年以後的人都只認爲陶淵明是個窮酸，就算過了百代也無出頭之日，這不過是爲我家的彭澤令自我解嘲罷了。貧困的人要想發家致富很難，富裕的人想要過苦日子卻很容易。床頭的錢隨你拿去花用，我不吝嗇。」馬子才說：「沒本事的人，才會去花別人的錢。」黃英說：「你鄙視富貴，我也不想過苦日子，那只好和你分居；你繼續維持你清廉的操守，而我就繼續與世俗之人同流合汙。」黃英就在園中爲他建一座茅屋，挑選美貌的婢女去服侍馬子才。馬子才覺得心滿意足，過了幾天，他很想念黃英，派人叫她來，黃英卻不肯過去，他不得已只好來找她。每隔一兩天來一次，久而久之就成了常態。黃英笑他說：「在東邊吃，到西邊住，這哪裡是一個安於貧窮的人應該做的事呢？」馬子才苦笑，又答不上來，於是恢復成先前那樣的夫妻同住。

有一回，馬子才要到金陵辦事，正好趕上菊花盛開的季節。早起路過花鋪，鋪中的菊花姿態都很美好，他覺得很像是陶公子栽種的。不久店主出來招呼客人，一看果然是陶公子。兩人久別重逢，高興地互訴離情，陶公子留他住下，馬子才則邀陶公子回去。陶公子說：「金陵是我的故鄉，我要在這裡成家立業。我存了一點錢，請你帶回去給家姊，我年底會回去住一段時間。」馬子才不肯，不斷邀他回去，並說：「家裡不缺錢，你只要坐享其成就行，不用再做買賣了。」陶公子聽他的話，坐在店裡，讓僕人代他議價，廉價出清。很快地，花就全都賣完了。馬子才催促他整頓行李，租一艘船北上。回到家門，黃英早已把房屋打掃乾淨，床墊被褥都鋪好，就像未卜先知一樣。陶公子回家後，放下行李，督促工匠，大興亭園。每天只與馬子才下棋喝酒，不再與其他人來往。馬子才爲陶公子相親，他推託不肯。黃英挑選兩個美貌婢女，服侍他生活起居，如此住了三、四年，生了一個女兒。

陶公子喝酒一向豪爽不羈，卻從沒見他喝醉過。馬子才有個朋友名喚曾生，酒量也無人能及。這天，曾生前來拜訪，馬子才讓他與陶公子比酒量。兩人縱情暢飲，十分痛快，只恨相見太晚。兩人從早喝到晚，各喝了一百多壺，曾生爛醉如泥，醉倒在座位上，陶公子則起身回去睡覺，出門後卻一腳踩在菊園上，醉倒在地。他將衣服全扔在一旁，就地變成菊花，生得與人一樣高，開出的十幾朵花每朵都比拳頭大。馬子才見狀非常震驚，跑去告訴黃英，黃英急忙趕去，拔出菊花放在地上，說：「怎麼醉成這樣？」就拿衣服蓋在菊花上面，要馬子才與她一起離開，告誡他不要去看。天亮後馬子才前往觀視，只見陶生睡在花園旁，馬子才這才恍然大悟，陶家姊弟都是菊花變成的精怪，心中對他們更加敬重。

陶公子自從現出眞身後，更加放縱地喝酒，經常呈上拜帖邀請曾生共飲，就這樣與他成爲莫逆之交。一天，適逢花朝節，曾生來訪，陶生派兩個僕人抬來藥浸白酒一罈，相約與曾生一起喝完。一罈酒快喝光了，兩人仍無醉意。馬子才又偷偷倒進一瓶酒，兩人又喝完了。曾生醉得走不動，幾個僕人來把他揹走。陶公子睡在地上，又變成了菊花。馬子才已是司空見慣，也見怪不怪了，於是就學黃英把菊花拔出，守在旁邊觀察他的變化。過了很久，菊葉逐漸枯萎，馬子才很害怕，這才跑去告訴黃英，黃英一聽，慘叫一聲：「你把我弟弟害死啦！」連忙跑去一看，根莖都已乾枯。黃英十分悲痛，掐斷菊花的梗子，把他埋在花盆裡，端進房中，每天給他澆水。馬子才十分懊悔，十分怨恨曾生。過了幾天，聽說曾生也醉死了，那盆中的花倒是逐漸發芽，九月開了花，矮矮的花莖，粉紅的花朵，聞起來有酒香，就取名爲「醉陶」，用酒來澆灌，竟然長得更加茂盛。後來陶生的女兒也長大了，嫁給一個世家子弟，黃英直到老死，都與常人無異。

記下奇聞異事的作者如是說：「傅奕喝酒醉死，令人惋惜，而他未必覺得這樣不好。將嗜酒如命的菊花栽種在庭院裡，或像遇見好友，或像遇見佳人，不可不尋找這樣的菊花品種啊！」

書癡

彭城[1]郎玉柱，其先世官至太守，居官廉，得俸不治生產，積書盈屋。至玉柱，尤癡。家苦貧，無物不鬻，惟父藏書，一卷不忍置[2]。父在時，曾書〈勸學篇〉[3]黏其座右，郎日奉誦；又幛以素紗，惟恐磨滅。非為干祿[4]，實信書中真有金粟。晝夜研讀，無間寒暑。年二十餘，不求婚配，冀卷中麗人自至。見賓親，不知溫涼[5]，三數語後，則誦聲大作，客逡巡[6]自去。每文宗臨試[7]，輒首拔之[8]，而苦不得售[9]。

一日，方讀，忽大風飄卷去。急逐之，踏地陷足；探之，穴有腐草；掘之，乃古人窖粟，朽敗已成糞土。雖不可食，而益信「千鍾」[10]之說不妄，讀益力。一日，梯登高架，於亂卷中得金輦[11]徑尺，大喜，以為「金屋」之驗[12]。出以示人，則鍍金而非真金。心竊怨古人之誑己也。居無何，有父同年，觀察[13]是道，性好佛。或勸郎獻輦為佛龕[14]。觀察大悅，贈金三百、馬二匹。郎喜，以為金屋、車馬[15]皆有驗，因益刻苦。然行年已三十矣。或勸其娶，曰：「『書中自有顏如玉』，我何憂無美妻乎？」又讀二三年，迄無效；人咸揶揄之。時民間訛言，天上織女私逃。或戲郎：「天孫[16]竊奔，蓋為君也。」郎知其戲，置不辯。

一夕，讀漢書[17]至八卷，卷將半，見紗翦美人夾藏其中。駭曰：「書中顏如玉，其以此應之耶？」心悵然自失。而細視美人，眉目如生；背隱隱有細字云：「織女。」大異之。日置卷上，

反復瞻玩，至忘食寢。一日，方注目間，美人忽折腰起，坐卷上微笑。郎驚絕，伏拜案下。既起，已盈尺矣。益駭，又叩之。下几亭亭[18]，宛然絕代之姝。拜問：「何神？」美人笑曰：「妾顏氏，字如玉，君固相知已久。日垂青盼，脫不一至，恐千載下無復有篤信古人者。」郎喜，遂與寢處。然枕席間親愛倍至，而不知為人[19]。◆每讀，必使女坐其側。女戒勿讀，不聽。女曰：「君所以不能騰達者，徒以讀耳。試觀春秋榜[20]上，讀如君者幾人？若不聽，妾行去矣。」郎暫從之。少頃，忘其教，吟誦復起。逾刻，索女，不知所在。神志喪失，囑而禱之，殊無影跡。忽憶女所隱處，取漢書細檢之，直至舊所，果得之。呼之不動，伏以哀祝。女乃下曰：「君再不聽，當相永絕！」因使治棋枰、摴蒱之具[21]，日與遨戲。而郎意殊不屬。覷女不在，則竊卷流覽。恐為女覺，陰取漢書第八卷，雜溷[22]他所以迷之。

一日，讀酣，女至，竟不之覺；忽睹之，急掩卷，而女已亡矣。大懼，冥搜諸卷，渺不可得；既，仍於漢書八卷中得之，葉數不爽[23]。因再拜祝，矢不復讀。女乃下，與之弈，曰：「三日不工，當復去。」至三日，忽一局贏女二子。女乃喜，授以絃索[24]，限五日工一曲。郎手營目注[25]，無暇他及；久之，隨指應節，不覺鼓舞。女乃日與飲博，郎遂樂而忘讀。女又縱之出門，使結客，由此倜儻之名暴著。女曰：「子可以出而試矣。」郎一夜謂女曰：「凡人男女同居則生子；今與卿居久，何不然也？」女笑曰：「君日讀書，妾固謂無益。今即夫婦一章[26]，尚未了悟，枕席二字有工夫。」郎驚問：「何工夫？」女笑不言。少間，潛迎就之。郎樂極，曰：「我不意夫婦之樂，有

◆馮鎮巒評點：郎君不癡矣，早已悟得夫婦一章。

郎玉柱並不癡傻，他早已了解夫婦之間的相處之道（此指男女情愛之事）。

不可言傳者。」於是逢人輒道，無有不掩口者。女知而責之。郎曰：「鑽穴踰隙者，始不可以告人；天倫之樂[27]，人所皆有，何諱焉？」過八九月，女果舉一男，買媼撫字[28]之。

一日，謂郎曰：「妾從君二年，業生子，可以別矣。久恐為君禍，悔之已晚。」郎聞言，泣下，伏不起，曰：「卿不念呱呱者[29]耶？」女亦悽然，良久曰：「必欲妾留，當舉架上書盡散之。」郎曰：「此卿故鄉，乃僕性命，何出此言！」女不之強，曰：「妾亦知其有數，不得不預告耳。」先是，親族或窺見女，無不駭絕，而又未聞其締姻何家，共詰之。郎不能作偽語，但默不言。人益疑，郵傳[30]幾遍，聞於邑宰史公。史，閩人，少年進士。聞聲傾動，竊欲一睹麗容，因而拘郎及女。女聞知，遁匿無跡。宰怒，收郎，斥革衣衿[31]，梏械備加，務得女所自往。郎垂死，無一言。械其婢，略能道其彷彿[32]。宰以為妖，命駕親臨其家。見書卷盈屋，多不勝搜，乃焚之；庭中煙結不散，瞑[33]若陰霾。郎既釋，遠求父門人書[34]，得從辯復[35]。

是年秋捷，次年舉進士。而啣恨切於骨髓。為顏如玉之位，朝夕而祝曰：「卿如有靈，當佑我官於閩。」後果以直指巡閩。居三月，訪史惡款，籍其家。時有中表為司理[36]，逼納愛妾，託言買婢寄署中。案既結，郎即日自劾[37]，取妾而歸。

異史氏曰：「天下之物，積則招妒，好則生魔。女之妖，書之魔也。事近怪誕，治之未為不可；而祖龍之虐[38]，不已慘乎！其存心之私，更宜得怨毒之報也。嗚呼！何怪哉！」

1 彭城：古代縣名，今江蘇省徐州市。
2 置：拋棄、放棄。

3 勸學篇：此指北宋真宗趙恒為勸勉讀書人所寫的詩，云：「富家不用買良田，書中自有千鍾粟。安居不用架高堂，書中自有黃金屋。娶妻莫恨無良媒，書中自有顏如玉。出門莫恨無人隨，書中車馬多如簇。男兒欲遂平生志，六經勤向窗前讀。」

4 干祿：追求功名利祿。

5 溫涼：猶言寒暄。

6 逡巡：徘徊。逡，讀作「群」的一聲，往復不已。

7 文宗臨試：學使案臨考試。文宗，清朝時期提督學政的別稱，掌管教育行政及各省學校生員的升降考核，又名學道、學政等，一般指的是主考官員。臨，提督學政至所屬各級縣市，主持歲試與科試。

8 首拔之：此指歲試或科試選拔他為第一名。

9 不得售：此指鄉試落第。

10 千鍾：指〈勸學篇〉中「書中自有千鍾粟」。

11 金輦：人力車的一種。秦漢以後只有帝王能夠乘坐，專指帝王所坐的車。輦，讀作「念」的三聲。

12 金屋：指〈勸學篇〉中「書中自有黃金屋」。輦車造型像房屋，又是金子打造，所以稱為「金屋之驗」。

13 觀察：官名，即觀察使，清代稱道員，設使守巡各道。此處作動詞用，意指擔任道員。

14 佛龕：供奉佛像的小房間。龕，讀作「刊」。

15 車馬：指〈勸學篇〉中「書中車馬多如簇」。

16 天孫：即織女。民間傳說，織女是玉帝的孫女。

17 漢書：東漢班固撰，記載西漢歷史，共一百二十卷。體例分為紀、表、志、傳，為二十四史之一，也是中國第一部斷代史。唐顏師古註，清王先謙補註。

18 亭亭：聳立的樣子。

19 為人：指男女交歡之事。

20 春秋榜：春榜和秋榜。春榜，春闈中試的榜單，春闈即二月舉行的會試。秋榜，指秋闈中試的榜單，秋闈是八月舉行的鄉試。

21 樗蒲之具：泛指賭具。樗蒲，讀作「書樸」，亦可寫作「樗蒱」，古代賭博遊戲的一種，類似今日的擲骰子。

22 溷：同「混」，混亂、混淆的意思。

23 葉數不爽：頁數、位置分毫不差。葉，同「頁」。

24 絃索：指弦樂器，如古琴、古箏等。

25 手營目注：謂手眼並用，全神貫注。營，治理，引申為操作。

26 夫婦一章：泛指書中談論的夫婦之道。

27 天倫之樂：此指夫妻相處的樂趣。

28 撫字：撫育。

29 呱呱者：此指孩子。呱呱，讀作「蛙蛙」，嬰孩啼哭的聲音，以此借指剛出生的嬰兒。

30 郵傳：古代傳遞文書與寄送公物的驛站。此作動詞用，意指傳播消息。

31 斥革衣衿：褫奪生員的衣服官帽，即取消生員資格。斥革，褫奪。

32 彷彿：大致的情況。

33 瞑：讀作「明」，昏暗無光貌。

34 書：此指說情。

35 得從辯復：申辯恢復功名的請求得到批准。辯復，向上級官府辯明冤情，請求恢復功名。

36 司理：官名。明清時代執掌刑獄訴訟的官員。

37 自劾：上書自陳己罪。劾，彈劾，揭發別人的過失。

38 祖龍之虐：指秦始皇焚書坑儒的暴政；此處借指史某焚燒郎家的藏書。祖龍，秦始皇的代稱，事見《史記．秦始皇本紀．集解》：「蘇林曰：祖，始也；龍，人君象。謂始皇也。」

白話翻譯

彭城縣有個名喚郎玉柱的人，他的先祖曾做過太守，爲官清廉，並沒有將朝廷給他的俸祿拿去置辦家產，卻買了一屋子的書。傳到郎玉柱這一代，他對書更加癡迷了，家中貧困，他把值錢的東西都拿去變賣，父親的藏書卻是一卷也捨不得丟。父親在世時，曾經抄寫了〈勸學篇〉貼在他的座位右邊，郎玉柱每天誦讀，還用白紗遮住，擔心字跡會磨滅。郎玉柱讀書並非爲了求取功名，而是眞的相信書中有黃金屋和千鍾粟，他日夜讀書，無論是寒冷的冬天還是炎熱的夏天，從不間斷。到了二十多歲的年紀也不想娶妻，而是希望書中的美人自己會出來。有親友來拜訪，他也不懂得接待，寒暄幾句後又開始讀書，搞得客人自討沒趣，只好走了。每次提督學政來考核，總是第一個表揚他，只可惜他不能被朝廷所任用。

有一天，郎玉柱正在讀書，忽然颳來一陣大風把書卷捲走，郎玉柱急忙追趕，不小心一腳踩進泥坑裡陷進去。坑裡有腐爛的草，把坑挖開一看，竟然有古人窖藏的粟米，都腐爛成了糞土。粟雖然不能吃，但郎玉柱更加相信「書中自有千鍾粟」的說法，更加刻苦勤奮地讀書。又有一天，郎玉柱登梯子爬上書架，在雜亂的書卷中翻出一輛一尺大小的金輦車，他非常高興，以爲這就是「書中自有黃金屋」的驗證。拿出來給人觀看，原來只是鍍金的，並非眞金，郎玉柱還在心裡埋怨古人欺騙他。

不久，有個和他父親同科考中的人，當了本道的觀察，由於此人篤信佛教，有人勸郎玉杜把金輦獻給他當佛龕。觀察很高興，送給郎玉杜三百兩銀子、兩匹馬，郎玉杜非常歡喜，以爲這就是讀書所得來的金屋和車馬，於是更加刻苦讀書。但這年他已經三十歲了，有人勸他娶妻，他說：「書中自有顏如玉，我爲什麼要擔心沒有美麗的妻子呢？」又讀了兩、三年書，還是沒有美人從書中出來找他，人們都嘲笑起他來。當時，民間相傳天上的織女私逃到人間，有人就向郎玉杜說笑道：「織女私奔下凡，大概是爲了你吧。」郎玉杜知道別人開他玩笑，也不以爲意。

有一天晚上，郎玉杜正在讀《漢書．第八卷》，讀到快一半時，看到書中夾藏著一個美人的剪紙。郎玉杜吃驚地說：「這難道就是『書中自有顏如玉』嗎？」他心中有些失望，再仔細審視這美人，眉眼宛若眞人一般，背面隱約寫有兩字「織女」，郎玉杜感到奇怪，每天把它放在書上，反覆觀賞，甚至到了廢寢忘食的地步。有一天，郎玉杜正在觀看剪紙美人，美人忽然彎身起來，坐在書上對他微笑。郎玉杜大吃一驚，連忙磕頭跪拜，起身一看，美人已經有一尺多高。郎玉杜更覺驚訝，又向她叩拜，美人從桌上走下來，亭亭玉立，分明是位絕代佳人。郎玉杜問她：「請問姑娘是何方神祇？」美人笑道：「我姓顏名如玉，你不是認識我很久了嗎？我承蒙你的厚愛，如果不前來相見，恐怕千年後不會再有相信『書中自有顏如玉』這句話的人了。」

郎玉柱十分高興，開始與美人同住的生活。他雖然與顏如玉在床上親熱，卻不知男歡女愛的樂趣。每次讀書，郎玉柱一定要顏如玉坐在他旁邊，顏如玉勸他不要讀了，他不聽。顏如玉說：「你之所以無法發家致富，就是因爲讀書的關係。請看如此登上金榜之人，有幾個像你這樣苦讀？你如果不聽我的勸告，我可要走了。」郎玉柱只好暫且聽她的話，不久就忘了她的勸誡，繼續讀起書來。不久，郎玉柱尋找顏如玉，卻不知她在何處。郎玉柱失魂落魄，跪下祈禱，卻仍不見顏如玉蹤影。忽然想起她藏身之處，拿起《漢書》仔細翻閱，一直翻到原來發現顏如玉的地方，果然找到她。只是如何叫她，她也不動，郎玉柱跪在地上苦苦哀求，她才走下來說：「你若再不聽勸，我也不理你了！」顏如玉讓他備妥棋盤博奕等玩具，每天和他遊玩嬉戲。郎玉柱卻心不在焉，只要顏如玉不在，就偷偷拿起書本來讀。郎玉柱擔心被顏如玉發現，偷偷把《漢書》第八卷拿出來，藏在讓她找不到的地方。

有一天，郎玉柱讀書讀得很專心，竟然沒有發現顏如玉的腳步聲，忽然抬頭看見她，急忙把書闔上，顏如玉已不見蹤影。郎玉柱搜遍所有的書，仍找不到她。後來，郎玉柱還是在《漢書》第八卷中找到她，連頁數都與先前一樣。郎玉柱再跪下來哀求，發誓不再讀書。顏如玉這才從書中走出來，與他下棋，說：「如果三天後你依然要讀書，我就要離開你。」到了第三天，郎玉柱在一盤棋中贏了顏如玉兩個子。顏如玉很高興，交給他一張琴，要他五天後就能彈出一支曲了。郎玉柱專心練琴，無暇顧及其他，後來，他隨手彈來都能符合節奏。顏如玉每天

書癡
不信書中竟有魔玉顏
金屋兩無訛
祖龍一炬雖由數也怪
癡兒福未多

與他飲酒下棋，讓他樂不思蜀；顏如玉又讓他出門去交朋友，從此他聲名遠播，大家都知道他是文雅之士。顏如玉對他說：「你可以去參加科舉考試了。」

某天晚上，郎玉柱對顏如玉說：「一個男人和女人共處一室就會有孩子，我與你朝夕相處，爲何你還沒懷孕呢？」顏如玉笑道：「你就是個書呆子，我就說讀書對你沒益處，你連什麼是夫妻相處之道都不知，『枕席』可是大有學問。」郎玉柱問：「什麼學問？」顏如玉只笑不答。不久，她暗中挑逗他。郎玉柱這才懂得男女間相處的樂趣，他高興地說：「我沒料到夫妻之間，還有這樣妙不可言的樂趣。」於是，他逢人就講這件事，聽到的人沒有不掩嘴偷笑的。顏如玉得知此事後責備他，郎玉柱卻說：「那些偷情的人，才怕別人知道；我們是正經的夫妻，有什麼不能對人說的。」過了八、九個月，顏如玉果眞誕下一名男嬰，夫妻兩人請了一個老媽子幫忙照顧孩子。

到了一天，顏如玉對郎玉柱說：「我和你做了兩年夫妻，也生下一個兒子，以後就要分別了。我在這裡的時間長了，恐怕會爲你帶來災禍，屆時後悔就太遲了。」郎玉柱傷心地趴在地上，說：「你難道捨得離開剛出生的兒子嗎？」顏如玉也很悲傷，許久才說：「你若一定要我留下，就應該把書都賣掉。」郎玉柱說：「書是你的故鄉，也是我的性命，你怎麼能說出這種話！」顏如玉說：「我知道無法勉強你，有些命數是無法避免的，必須提前告訴你。」

先前，郎家親族中有人見過顏如玉，無不驚訝於郎玉柱何時與哪戶人家結的親，一個個都跑來探問他。郎玉柱不會說謊，只是默不作聲。眾人更加懷疑，這件事很快就傳開，一直傳到縣令史大人那裡。史大人是福建人，青年進士，聽說這件事，想看一下傳說中的顏如玉究竟長什麼樣子，就傳令拘捕郎玉柱和顏如玉兩人。顏如玉聽到消息就消失了，縣令大怒，拘留郎玉柱，下令革除他秀才的身分，並且嚴刑拷打，逼他說出顏如玉的去向。郎玉柱寧死也不肯透露，縣令又命人拷打他家中的丫鬟，丫鬟透露一二，縣令認爲顏如玉是妖怪，親自乘車前往郎家。只見滿屋子的書，多得找不完，只好放火燒書，庭院中煙霧瀰漫，許久不散，宛如黑夜一般。縣令找不到顏如玉，只好將郎玉柱釋放，他託人說情，這才恢復了功名。

這一年，郎玉柱秋試中舉，次年考中進士。他對縣令恨之入骨，替顏如玉設了一個牌位，早晚祝禱說：「你若在天有靈，定要保佑我去福建作官。」後來，郎玉柱做到了御史的官職，來到福建訪查巡視。在福建期間，他查出那個縣令的罪行，抄沒他的家產。當時郎玉柱有個表親擔任司理官，強搶民女爲妾，謊稱是買了個婢女寄住在他的官衙裡。等到此案了結，郎玉柱當天就上書，自我彈劾辭了官職，帶著小妾回家去了。

記下奇聞異事的作者如是說：「天下間的事物，積聚得多了，就會引來別人嫉妒；過分癡迷某事，就會有神怪靈異之事發生。顏如玉就是書中精靈，這件事情荒謬奇詭，要想處置它應有更好的辦法，若是像祖龍那樣，一把火將書全部燒掉，豈非太過悲慘了嗎？就因爲那個縣令的私心，日後才會遭到抄家的報應。唉！因果循環，不足爲怪。」

齊天大聖

許盛，兗[1]人。從兄成，賈於閩，貨未居積。客言大聖靈著，將禱諸祠。盛未知大聖何神，與兄俱往。至則殿閣連蔓，窮極弘麗。入殿瞻仰，神猴首人身，蓋齊天大聖[2]孫悟空云。諸客肅然起敬，無敢有惰容。盛素剛直，竊笑世俗之陋。眾焚奠叩祝，盛潛去之。既歸，兄責其慢。盛曰：「孫悟空乃丘翁[3]之寓言，何遂誠信如此？如其有神，刀槊[4]雷霆，余自受之！」逆旅主人聞呼大聖名，皆搖手失色，若恐大聖聞。盛見其狀，益譁辨之；聽者皆掩耳而走。

至夜，盛果病，頭痛大作。或勸詣祠謝，盛不聽。未幾，頭小愈，股又痛，竟夜生巨疽[5]，連足盡腫，寢食俱廢。兄代禱，迄無驗。或言：「神譴須自祝。」盛卒不信。月餘，瘡漸斂，而又一疽生，其痛倍苦。醫來，以刀割腐肉，血溢盈椀[6]；恐人神其詞[7]，故忍而不呻。又月餘，始就平復。而兄又大病。盛曰：「何如矣！敬神者亦復如是，足徵余之疾，非由悟空也。」兄聞其言，益恚[8]，謂神遷怒，責弟不為代禱。盛曰：「兄弟猶手足。前日支體糜爛而不之禱；今豈以手足之病，而易吾守乎？」但為延醫剉藥[9]，而不從其禱。藥下，兄暴斃。

盛慘痛結於心腹，買棺殮兄已，投祠指神而數之曰：「兄病，謂汝遷怒，使我不能自白。倘爾有神，當令死者復生。余即北面稱弟子[10]，不敢有異辭；不然，當以汝處三清之法[11]，還處汝身，亦以破吾兄地下之惑。」至夜，夢一人招之去，入大聖祠，仰見大聖有怒色，責之曰：「因汝無狀[12]，以菩薩刀穿汝脛股；猶不自悔，嘖有煩言[13]。本宜送拔舌獄[14]，念汝一生剛鯁，姑置宥赦。汝兄病，乃汝以庸醫夭其壽數，於人何尤？今不少施法力，益令狂妄者引為口實。」乃命青衣使請命於閻羅。青衣曰：「三日後，鬼籍已報天庭，恐難為力。」神取方版[15]，命筆，不知何詞，使青衣執之而去。良久乃返。成與俱來，並跪堂上。神問：「何遲？」青衣白：「閻魔不敢擅專，又持大聖旨上咨斗宿[16]，是以來遲。」盛趨上拜謝神恩。神曰：「可速與兄俱去。若能向善，當為汝福。」兄弟悲喜，相將俱歸。醒而異之。急起啟材視之，兄果已甦，扶出，極感大聖力。盛由此誠服信奉，更倍於流俗。而兄弟貲本，病中已耗其半；兄又未健，相對長愁。

一日，偶遊郊郭，忽一褐衣[17]人相之曰：「子何憂也？」盛方苦無所訴，因而備述其遭。褐衣人曰：「有一佳境，暫往瞻矚，亦足破悶。」問：「何所？」但云：「不遠。」從之。出郭半里許，褐衣人曰：「予有小術，頃刻可到。」因命以兩手抱腰，略一點首，遂覺雲生足下，騰踔[18]而上，不知幾百由旬[19]。盛大懼，閉目不敢少啟。頃之曰：「至矣。」忽見琉璃世界，光明異色。訝問：「何處？」曰：「天宮也。」信步而行，上上益高。遙見一叟，喜曰：「適遇此老，子之福也！」舉手相揖。叟邀過詣其所，烹茗獻客；止兩盞，殊不及盛。褐衣人曰：「此吾弟子，千里行賈，敬造仙署，求少贈餽。」叟命僮出白石一柈[20]，狀類雀卵，瑩澈如冰，使盛自取之。盛念攜歸可作酒枚[21]，遂取其六。褐衣人以為過廉，代取六枚，付盛並裹之。囑納腰橐[22]，拱手曰：「足矣。」辭叟出，仍令附體而下，俄頃及地。盛稽首[23]請示仙號。笑曰：「適即所謂觔斗雲[24]也。」盛怳然，悟為大聖，又求祐護。曰：「適所會財星，賜利十二分[25]，何須他求？」◆盛又拜之，起視已渺。既歸，喜而告兄。解取共視，則融入腰橐矣。後輦貨而歸，其利倍蓰[26]。自此屢至閩，必禱大聖。他人之禱，時不甚驗；盛所求無不應者。

異史氏曰：「昔士人過寺[27]，畫琵琶於壁而去；比返，則其靈大著，香火相屬[28]焉。天下事固不必實有其人，人靈之，則既靈焉矣。何以故？人心所聚，而物或託焉耳。若盛之方鯁，固宜得神明之祐，豈真耳內繡針[29]，毫毛能變[30]；足下觔斗，碧落可升哉！卒為邪惑，亦其見之不真也。」

◆**馮鎮巒評點：**如房官之愛新門生，十分親熱。

孫悟空對許盛，如同閱卷官愛護新科及第的門生，十分親近熱絡。

1 兗：讀作「眼」，今山東省兗州市。

2 齊天大聖：即孫悟空，明朝吳承恩所撰《西遊記》中的人物。孫悟空本是一隻從仙石中迸裂而出的石猴，學得七十二變以後，自封為「齊天大聖」，大鬧天庭。後被如來佛祖收服，跟隨唐三藏前往西天取經，降伏各路妖魔。

3 丘翁：即元代道士丘處機，登州棲霞（今山東省棲霞縣）人。丘處機為道教全真道龍門派創始人，字通密，號長春子。其弟子李志常撰《長春真人西遊記》二卷，今存《道藏》中。古代曾被人誤會此書為小說《西遊記》，後經魯迅《中國小說史略》已作辨正。

4 槊：讀作「碩」，長矛。

5 疽：讀作「居」，毒瘡的一種，生在皮肉深處。

6 椀：同今「碗」字，是碗的異體字。

7 神其詞：指世人假借許盛身患重病，神化了用來指責許盛冒犯神明的說辭。神，此處作動詞，神化之意。

8 恚：讀作「惠」，惱怒、生氣。

9 剉藥：把藥搗磨剁碎。剉，讀作「措」，砍之意。

10 北面稱弟子：拜人為老師，行徒弟之禮。北面，坐北朝南，是古代地位尊貴的人坐的位置。地位較低的人坐南朝北，稱為「北面」。

11 當以汝處三清之法：《西遊記》第四十四回中，孫悟空一行在車遲國三清殿，叫豬八戒把供奉的三清，即元始天尊、靈寶道君、太上老君的塑像投入茅坑。

12 無狀：沒禮貌，不懂規矩。

13 嘖有煩言：人多就會發生言語上的爭辯。出自《左傳．定公四年》：「會同難，嘖有煩言，莫之治也。」此指口出怨言。

14 拔舌獄：出自《西遊記》第十一回，唐太宗在冥府陰山後見到了十八層地獄，拔舌獄為其中之一。

15 方版：方形木板，即古代用以書寫的牘。

16 斗宿：二十八星宿之一，此指南斗。傳說南斗注生，北斗注死。

17 褐衣：平民所穿的粗布衣。

18 騰踔：跳躍。踔，讀作「啄」。

19 由旬：此為梵語音譯，古代印度計量長度的單位，為軍行一日的路程，也作「俞旬」。有四十里、三十里等不同說法。

20 柈：讀作「盤」，同「盤」。

21 酒枚：酒籌，飲酒用以計數的器具。

22 腰橐：腰包。橐，讀作「陀」，袋子、錦囊。

23 稽首：叩首的跪拜禮，表示極為敬重、隆重的禮節。稽，讀作「起」。

24 觔斗雲：孫悟空的飛行工具。《西遊記》第七回〈八卦爐中逃大聖·五行山下定心猿〉云：「會駕觔斗雲，一縱十萬八千里。」

25 賜利十二分：指財星所賜的十二枚白石，代表十二分利市。

26 蓰：讀作「總」，草葉細密繁茂狀。引申作行商大發利市。

27 昔士人過寺五句：事見《太平廣記》卷三一五所引《原化記》，故事大意如下：有書生偶然經過江西，他在一間寺廟的牆上畫了一個琵琶，大小和真的一模一樣，畫完就離開了。寺廟的僧人回來，看見這幅畫，以為是五臺山的聖琵琶，村人們以訛傳訛，還向琵琶壁畫膜拜祈福，所求皆應驗。書生聽說此事，感到慚愧，回到寺中用水把壁畫洗掉，從此再沒有靈異的傳聞發生。

28 相屬：連綿不斷。屬，此處讀作「主」，連續、聚集。

29 耳內繡針：孫悟空把金箍棒變成繡花針大小，藏在耳朵裡，方便攜帶。《西遊記》第三回〈四海千山皆拱伏·九幽十類盡除名〉云：「如意金箍棒，一萬三千五百斤。……即時就小做一個繡花針兒相似，可以揌在耳朵裡面藏下。」

30 毫毛能變：孫悟空可以用身上的毛髮變作分身。《西遊記》第二回〈悟徹菩提真妙理·斷魔歸本合元神〉云：「（孫悟空）拔一把毫毛，丟在口中嚼碎，望空噴去，叫一聲：『變！』即變做三、二百個小猴，週圍攢簇。」

白話翻譯

許盛是兗州人，跟著兄長許成去福建經商，貨物尚未備妥。有位客人說：「大聖很靈驗，可前往大聖廟祈禱。」許盛不知大聖是什麼神，就和兄長一同前往。到了大聖廟，只見殿閣相連，非常宏偉壯麗。他們進殿瞻仰，見神像塑造成猴頭人身，原來是齊天大聖孫悟空，眾人都肅然起敬，無人敢有絲毫不恭敬。許盛生性剛正耿直，暗中偷笑世人孤陋寡聞。眾人焚香祭拜禱告，許盛卻偷偷溜走了。他回來後，兄長怪他對神靈不恭敬。許盛說：「孫悟空是丘處機寫的寓言故事中的人物，又不是眞的神，爲何要篤信至此呢？若果眞有這個神，任憑刀斧加身，天打雷劈，我都願承受！」旅店的東家聽他直呼大聖名諱，都搖頭大驚失色，唯恐大聖聽見。許盛見他們如此害怕，更加大力爭辯，聽到的人都捂著耳朵走開了。

到了半夜，許盛果然染病，頭痛非常。有人勸他到大聖廟去謝罪，許盛不聽，不久，頭痛稍微緩和，輪到大腿痛了起來，一夜之間竟生了一個大毒瘡，連腳都腫了，食不下嚥，夜不能寐。兄長代替他前去大聖廟祈禱，卻並不靈驗，有人說：遭受神罰，必須親自去祈禱才有效。許盛始終不肯相信，一個多月後，毒瘡逐漸好了，竟長出另一個毒瘡來，並且比先前更痛苦。醫師前來，用刀割掉腐爛的肉，血流了滿滿一碗；他害怕別人借題發揮，說他不敬神明，就忍著不敢呻吟出聲。又過一個多月，毒瘡才痊癒，換成他的兄長生了場大病。許盛說：「怎麼樣！就算你敬畏神明也是如此，可見我的病，跟孫悟空無關。」兄長聽到他這番話，更加生氣，說他是被神明遷怒，責怪弟弟不代他去向神明祈禱。許盛說：「兄弟如同手足，前段時間我手腳潰爛都沒去祈禱，怎麼能因兄長您生病了，就破壞我做人的原則呢？」許盛替兄長請來醫師、開藥，卻怎樣都不肯去祈禱。藥喝下去，兄長就暴斃身亡了。

許盛心中悲痛鬱結，買了棺材替兄長殮葬，到大聖廟去數落孫悟空說：「我兄長染病，說是您遷怒於他，讓我有口難辨。倘若您眞的靈驗，應當能讓他死而復生，屆時我願拜您爲師，不敢有異議；否則，我就用您懲治三清的手段來對付您，也破除我兄長在陰司的疑惑。」到了夜晚，許盛夢見有人招他前去，進入大聖祠，他抬頭看見大聖面有怒容，責備他說：「因爲你出言無狀，我用菩薩刀穿過你的腿；但是你仍不悔悟，還口出怨言。本應將你送到拔舌地獄去，但念在你一生剛正耿直，姑且饒恕你的罪過。你兄長生病，是你自己找來庸醫醫治他，害他早夭，與人何干？今天不略施法力，更加成爲你們這些狂妄之輩的話柄。」就命青衣使者去請閻羅王讓許成還陽。青衣使者說：「人死了三天後，鬼簿已經記錄在冊，並且上報天庭，恐怕無能爲力。」齊天大聖取來一片木牘，拿起筆在上面不知寫了些什麼，讓青衣使者拿著離開。許久，青衣使者回來了，許成和他一同前來，雙雙跪在大堂上。齊天大聖問：「爲何這麼遲？」青衣使者說：「閻羅王也不敢擅自作主，又拿著大聖的旨意到天庭去向南斗星君請示，所以遲歸了。」許盛急忙上前拜謝大聖的神恩。齊天大聖說：「你可快些與你兄長回去，往後你若能積福行善，我會繼續賜福予你。」兄弟倆又悲又喜，互相攙扶著回去了。

許盛醒來，感到很奇怪，急忙起身，打開棺材一看，兄長果然已經甦醒，便將他扶出，極力感謝大聖恩澤。許盛自此對大聖心悅誠服，比世俗人更加信奉大聖。然而兄弟倆做生意的本錢，因生病已經用掉一半；兄長尚未恢復健康，二人相對發愁。

一日，許盛偶然到城外遊玩，忽然，有一個褐衣人看著他說：「你有何憂心之事？」許盛正苦於無處訴說，就把自己的遭遇說了一遍。褐衣人說：「有一個好地方，你可以姑且前往一觀，或許能解除你的煩憂。」許盛問：「在哪裡？」褐衣人說：「不遠。」許盛跟著他走。出城大約半里多路，褐衣人說：「我懂得一點小法術，頃刻便至。」他讓許盛抱住他的腰，略微頷首，頓時覺得腳踩在雲頂，騰空而上，不知道飛了幾千里。許盛很害怕，閉著眼睛不敢睜開。片刻後，褐衣人說：「到了。」映入許盛眼簾的是一片琉璃世界，散發出奇異的流光，他驚訝地問：「這是何地？」褐衣人說：「此乃天宮。」兩人信步走去，越走越高。遠遠見到一位老翁，褐衣人高興地說：「剛好遇到這位老翁，你眞是有福啊！」就向他舉手施禮。老翁邀請他們前往他的住處，烹茶款待客人；席間只有兩碗茶，竟然沒有準備許盛的。褐衣人說：「這是我的弟子，千里經商，誠意造訪仙府，請求給他一點饋贈。」老翁命小僮取出一盤白石，像是鳥蛋，晶瑩剔透像冰一樣，讓許盛自己拿。許盛想說帶回去可以當個酒籌，就拿了六個。褐衣人覺得許盛拿得太少，替他又拿了六個，交給許盛一併包裹起來，囑咐他放到腰間的

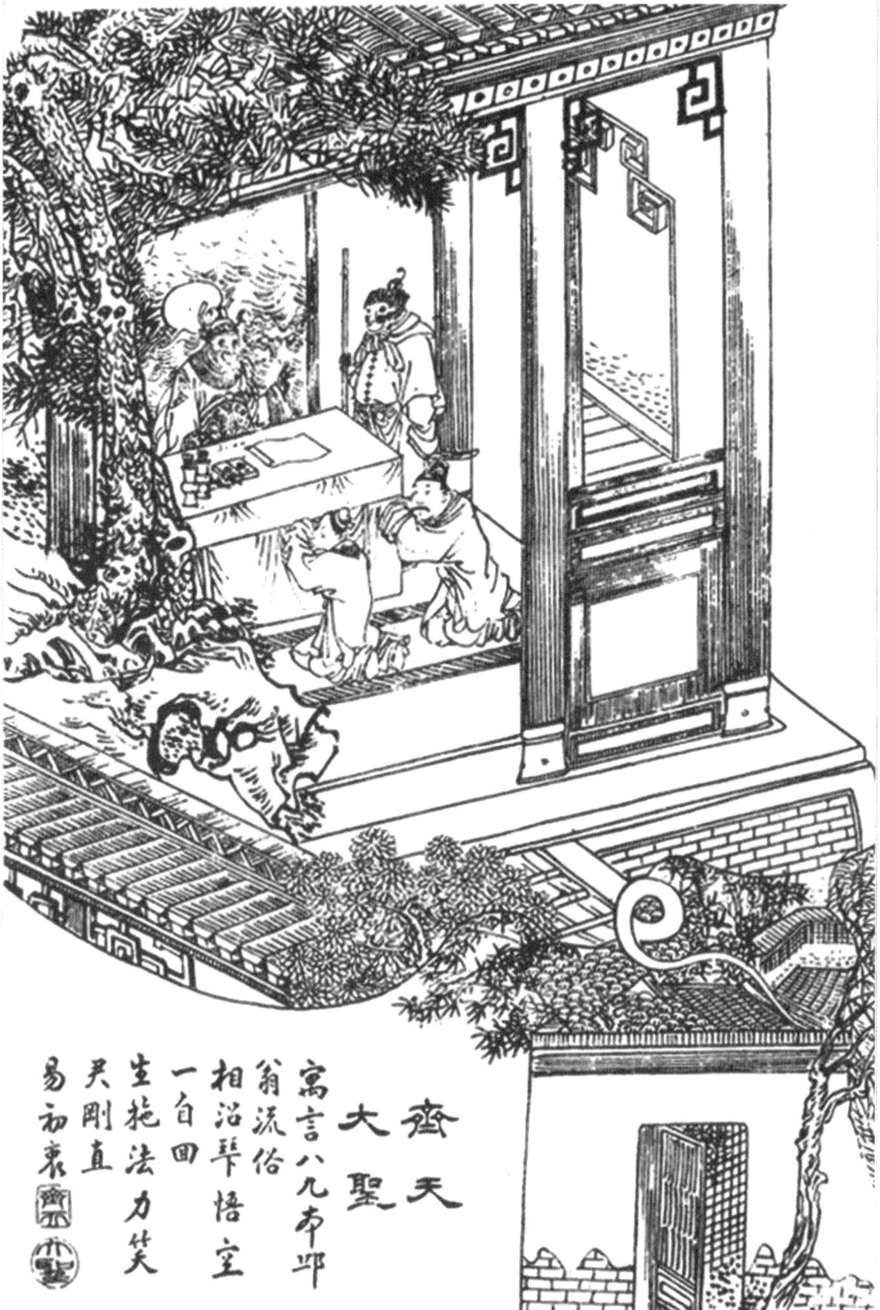
齊天
大聖
寓言八九本邨
翁流俗
相沿舉悟空
一自回
生施法力笑
吳剛直
易初衷

袋子裡，拱手說：「已經夠了。」便辭別老翁出來，仍舊讓許盛抱住他的腰，不久到達了地面。許盛叩拜，請教他的仙號。褐衣人笑道：「方才我所用的就是觔斗雲啊！」許盛這才恍然大悟，原來褐衣人就是大聖爺，又請求大聖保佑他，大聖說：「剛才見到的是財神爺，已經賜給你十二分利，你還要求什麼？」許盛又向他跪拜，起身已無大聖蹤跡。

許盛回去後，興高采烈將此事告知兄長，解下腰間的袋子和兄長一起看，白石已經融入袋子中。後來，他們載貨返鄉，賺取了好幾倍的利潤。從此以後，許盛經常到福建做生意，每次都會去大聖廟祈禱。別人祈禱往往不怎麼靈驗，而許盛所求的無不應驗。

記下奇聞異事的作者如是說：「以前有書生偶然經過江西，他在一間寺廟的牆上畫了一個琵琶，大小和眞的一模一樣，畫完就走了。寺廟的僧人回來，看見這幅畫，以爲是五臺山的聖琵琶，村人們以訛傳訛，還向琵琶壁畫膜拜祈福，所求皆應驗。天下間的事情，本就不必眞有其人給予依託，人們認爲靈驗，自會靈驗。這是爲什麼呢？人們心中有所想，就有妖怪假借神靈名義，實現人心中的願望。像許盛這樣剛正耿直的人，本來就應該得到神靈護佑。難道眞有耳朵裡藏繡花針、毫毛可以變化、腳踩著觔斗雲有飛天遁地本領的孫悟空嗎？許盛終究被邪術所迷惑，可見他所看到的也並非正確的啊。」

青蛙神

江漢之間[1]，俗事蛙神[2]最虔。祠中蛙不知幾百千萬，有大如籠者。或犯神怒，家中輒有異兆。蛙游几榻，甚或攀緣滑壁不得墮，其狀不一，此家當凶。人則大恐，斬牲禳禱[3]之，神喜則已。

楚[4]有薛崑生者，幼惠，美姿容。六七歲時，有青衣媼至其家，自稱神使，坐致神意，願以女下嫁崑生。薛翁性樸拙，雅不欲，辭以兒幼。◆雖故卻之，而亦未敢議婚他姓。遲數年，崑生漸長，委禽[5]於姜氏。神告姜曰：「薛崑生，吾婿也，何得近禁臠[6]！」姜懼，返其儀[7]。薛翁憂之，潔牲往禱，自言：「不敢與神相匹偶。」祝已，見肴酒中皆有巨蛆浮出，蠢然擾動；傾棄，謝罪而歸。心益懼，亦姑聽之。

一日，崑生在途，有使者迎宣神命，苦邀移趾[8]。不得已，從與俱往。入一朱門，樓閣華好。有叟坐堂上，類七八十歲人。崑生伏謁，叟命曳起之，賜坐案旁。少間，婢媼集視，紛紜滿側。叟顧曰：「入言薛郎至矣。」數婢奔去。移時，一媼率女郎出，年十六七，麗絕無儔[9]。叟指曰：「此小女十娘，自謂與君可稱佳偶；君家尊乃以異類見拒。此自百年事[10]，父母止主其半，是在君耳。」崑生目注十娘，心愛好之，默然不言。媼曰：「我固知郎意良佳。請先歸，當即送十娘往也。」崑生曰：「諾。」趨歸告翁。翁倉遽無所為計，乃授之詞，使返謝之，崑生

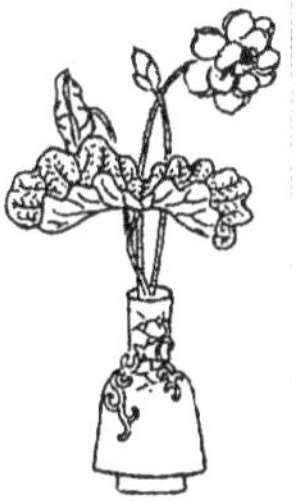

◆**馮鎮巒評點：**青皮大腹，強作姻好，難怪他不肯。

青蛙披著青色的皮，挺著大肚子，勉強要與薛家訂親，也難怪薛父不肯答應。

不肯行。方誚讓[11]間，輿已在門，青衣成群，而十娘入矣。上堂朝拜，翁姑見之皆喜。即夕合巹[12]，琴瑟甚諧。由此神翁神媼，時降其家。視其衣，赤為喜，白為財，必見[13]，以故家日興。

自婚於神，門堂藩溷[14]皆蛙，人無敢詬蹴[15]之。惟崑生少年任性，喜則忌，怒則踐斃，不甚愛惜。十娘雖謙馴，但善怒，頗不善崑生所為；而崑生不以十娘故斂抑之。十娘語侵崑生。崑生怒曰：「豈以汝家翁媼能禍人耶？丈夫何畏蛙也！」十娘甚諱言蛙，聞之恚[16]甚，曰：「自妾入門，為汝家田增粟、賈益價，亦復不少。今老幼皆已溫飽，遂如鴞鳥生翼，欲啄母睛[17]耶！」崑生益憤曰：「吾正嫌所增污穢，不堪貽子孫。請不如早別。」遂逐十娘。翁媼既聞之，十娘已去。呵崑生，使急往追復之。崑生盛氣不屈。至夜，母子俱病，鬱胃[18]不食。翁懼，負荊[19]於祠，詞義殷切。過三日，病尋愈。十娘亦自至，夫妻歡好如初。

十娘日輒凝妝坐，不操女紅，崑生衣履，一委諸母。母一日忿曰：「兒既娶，仍累媼！人家婦事姑，吾家姑事婦！」十娘適聞之，負氣登堂曰：「兒婦朝侍食，暮問寢，事姑者，其道如何？所短者，不能吝傭錢，自作苦耳。」母無言，慚沮自哭。崑生入，見母涕痕，詰得故，怒責十娘。十娘執辨不相屈。崑生曰：「娶妻不能承歡，不如勿有！便觸老蛙怒，不過橫災死耳！」復出十娘。十娘亦怒，出門逕去。次日，居舍災，延燒數屋，几案床榻，悉為煨燼。崑生怒，詣祠責數曰：「養女不能奉翁姑，略無庭訓[20]，而曲護其短！神者至公，有教人畏婦者耶！且盎盂相敲[21]，皆臣所為，無所涉於父母。刀鋸斧鉞[22]，即加臣身；如其不然，我亦焚汝居室，聊以相報。」言已，負薪殿下，爇[23]火欲舉。居人集而哀之，始憤而歸。父母聞之，大懼失色。

至夜，神示夢於近村，使為婿家營宅。及明，齎材鳩工[24]，共為崑生建造，辭之不止；日數百人相屬[25]於道，不數日，第舍一新，床幕器具悉備焉。修除甫竟，十娘已至，登堂謝過，言詞溫婉。轉身向崑生展笑，舉家變怨為喜。自此十娘性益和，居二年，無間言。十娘最惡蛇，崑生戲函[26]小蛇，紿[27]使啟之。十娘變色，詬崑生。崑生亦轉笑生嗔，惡相抵。十娘曰：「今番不待相迫逐，請從此絕！」遂出門去。薛翁大恐，杖崑生，請罪於神。幸不禍之，亦寂無音。積有年餘，崑生懷念十娘，頗自悔，竊詣神所哀十娘，迄無聲應。未幾，聞神以十娘字袁氏，中心失望，因亦求婚他族；而歷相數家，並無如十娘者，於是益思十娘。往探袁氏，則已堊[28]壁滌庭，候魚軒[29]矣。心愧憤不能自已，廢食成疾。父母憂惶，不知所處。

忽昏憒中有人撫之曰：「大丈夫頻欲斷絕，又作此態！」開目，則十娘也。喜極，躍起曰：「卿何來？」十娘曰：「以輕薄人[30]相待之禮，止宜從父命，另醮而去。固久受袁家采幣，妾千思萬思而不忍也。卜吉已在今夕，父又無顏反璧[31]，妾親攜而置之矣。適出門，父走送曰：『癡婢！不聽吾言，後受薛家凌虐，縱死亦勿歸也！』」崑生感其義，為之流涕。家人皆喜，奔告翁媼。媼聞之，不待往朝，奔入子舍，執手嗚泣。

由此崑生亦老成，不作惡謔[32]，於是情好益篤。十娘曰：「妾向以君儇薄[33]，未必遂能相白首，故不敢留孽根[34]於人世；今已靡他[35]，妾將生子。」居無何，神翁神媼著朱袍，降臨其家。次日，十娘臨蓐[36]，一舉兩男。由此往來無間。居民或犯神怒，輒先求崑生；乃使婦女輩盛妝入闥，朝拜十娘，十娘笑則解。薛氏苗裔[37]甚繁，人名之「薛蛙子家」。近人不敢呼，遠人呼之。

又，青蛙神，往往託諸巫以為言。巫能察神嗔喜：告諸信士[38]曰「喜矣」，神則至；「怒矣」，婦子坐愁歎，有廢餐者。流俗然哉？抑神實靈，非盡妄也？

有富賈周某，性吝嗇。會居人斂金修關聖祠，貧富皆與有力；獨周一毛所不肯拔。久之，工不就，首事者無所為謀。適眾賽[39]蛙神，巫忽言：「周將軍倉[40]命小神司募政，其取簿籍來。」眾從之。巫曰：「已捐者，不復強；未捐者，量力自註[41]。」眾唯唯敬聽，各註已。巫視曰：「周某在此否？」周方混蹟其後，惟恐神知，聞之失色，次且[42]而前。巫指籍曰：「註金百。」周益窘。巫怒曰：「淫債尚酬二百，況好事耶！」蓋周私一婦，為夫掩執[43]，以金二百自贖，故訐[44]之也。周益慚懼，不得已，如命註之。既歸，告妻。妻曰：「此巫之詐耳。」巫屢索，卒不與。

一日，方晝寢，忽聞門外如牛喘。視之，則一巨蛙，室門僅容其身，步履蹇緩[45]，塞兩扉而入。既入，轉身臥，以閾[46]承頷，舉家盡驚。周曰：「必討募金也。」焚香而祝，願先納三十，其餘以次齎送，蛙不動；請納五十，身忽一縮，小尺許；又加二十，益縮如斗；請全納，縮如拳，從容出，入牆罅[47]而去。周急以五十金送監造所，人皆異之，周亦不言其故。積數日，巫又言：「周某欠金五十，何不催併？」周聞之，懼，又送十金，意將以此完結。一日，夫婦方食，蛙又至，如前狀，目作怒。少間，登其床，床搖撼欲傾；加喙於枕而眠，腹隆起如臥牛，四隅皆滿。周懼，即完百數與之。驗之，仍不少動。半日間，小蛙漸集，次日益多，穴倉登榻，無處不至；大於椀[48]者，升灶啜蠅，糜爛釜中，以致穢不可食；至三日，庭中蠢蠢，更無隙處。一家皇駭，不知計之所出。不得已，請教於巫。巫曰：「此必少之也。」遂祝之，益以廿金，首始舉；又益之，起一足：直至百金，四足盡起，下床出門，狼犺[49]數步，復返身臥門內。周懼，問巫。巫揣其意，欲周即解囊。周無奈何，如數付巫，蛙乃行，數步外，身暴縮，雜眾蛙中，不可辨認，紛紛然亦漸散矣。

祠既成，開光[50]祭賽，更有所需。巫忽指首事者曰：「某宜出如干數。」共十五人，止遺二人。眾祝曰：「吾等與某某，已同捐過。」巫曰：「我不以貧富為有無，但以汝等所侵漁[51]之數為多寡。此等金錢，不可自肥，恐有橫災飛禍。念汝等首事勤勞，故代汝消之也。除某某廉正無所苟且外，即我家巫，我亦不少私之，便令先出，以為眾倡。」即奔入家，搜括箱櫝。妻問之，亦不答，盡卷囊蓄而出。告眾曰：「某私剋銀八兩，今使傾橐[52]。」與眾共衡之，秤得六兩餘，使人誌其欠數。眾愕然，不敢置辯，悉如數納入。巫過此茫不自知；或告之，大慚，質衣以盈之。惟二人虧其數，事既畢，一人病月餘，一人患疔瘇[53]，醫藥之費，浮於所欠，人以為私剋之報云。

異史氏曰：「老蛙司募，無不可與為善之人，其勝刺釘拖索[54]者，不既多乎？又發監守之盜，而消其災，則其現威猛，正其行慈悲也。」

1 江漢之間：長江、漢水之間，指湖北地區。
2 蛙神：青蛙神，古代江、漢一帶供奉的邪神名。
3 禳禱：祭祀禱告，祈福消災。禳，讀作「讓」的二聲。
4 楚：楚國最初的都城在今湖北省境，此處泛指湖北地區。
5 委禽：古代以雁作為訂婚的聘禮，後稱作婚娶習俗中的下聘禮。

6 禁臠：只有天子才能吃的肉，後比喻只能獨享，不願與他人分享的東西。晉元帝鎮守建康時，物資缺乏，每得一頭豬便視為珍品，豬脖子上的肉尤為精美，群臣不敢食用而薦於帝，當時稱為「禁臠」，指帝王所鍾愛者。事見《晉書．卷七九．謝安傳》。
7 儀：聘禮。

8移趾：敬移玉趾，請人前往某處的敬辭。
9無儔：無雙、無可相比擬之意。儔，讀作「酬」。
10百年事：指婚姻大事。
11誚讓：譴責、指責。誚，讀作「俏」。
12合巹：古時成親夫婦要對飲合巹酒，指成婚。巹，讀作「錦」。
13必見：必定靈驗。見，通「現」。
14藩溷：籬笆和茅坑。溷，讀作「混」。
15詬蹴：咒罵驅趕。蹴，讀作「促」，踩踏、踢擊。
16恚：讀作「惠」，惱怒、生氣。
17鴞鳥生翼，欲啄母睛：比喻忘恩負義。鴞鳥，貓頭鷹，古代傳說幼鳥羽翼長成，會啄食母鳥的眼睛而去。
18鬱胃：腸胃不舒服。
19負荊：背負鞭杖，請求責罰。表示認錯賠禮。出自《史記．卷八一．廉頗藺相如傳》：「廉頗聞之，肉袒負荊，因賓客至藺相如門，謝罪。」
20庭訓：父親的教誨，後引申為家教。
21盎盂相敲：比喻家庭發生爭吵。
22鉞：讀作「月」，大斧頭。
23爇：燒也，讀作「若」或「熱」。
24齎材鳩工：備好材料，召集工匠。齎，讀作「積」。
25相屬：連綿不斷。屬，此處讀作「主」，連續、聚集。
26函：當動詞用，以盒子裝著。
27紿：讀作「帶」，欺瞞、誆騙。
28堊：讀作「厄」，粉刷。
29魚軒：以魚皮裝飾的車子，古時諸侯夫人所乘的車子。此指十娘的到來。

30輕薄人：薄情寡義的人，此指薛崑生。
31反璧：送還璧玉。意指退回或謝絕他人所贈送的禮物。出自《左傳．僖公二十三年》：「公子受飧，反璧。」
32惡謔：惡作劇。
33儇薄：舉止輕薄、不莊重。儇，讀作「軒」，聰慧而輕佻。
34孽根：指兒女。
35靡他：沒有其他心思。
36臨蓐：臨盆，即將生產。蓐，讀作「入」，草蓆，或借指床，因人出生在草蓆或床墊上。
37苗裔：後代子孫。
38信士：信徒、信眾。
39賽：酬神之意。
40周將軍倉：即周倉。生卒年不詳，正史並未記載，相傳為三國蜀漢關羽部將，關羽被吳軍所殺，周倉也自殺殉職。
41註：登記，填寫。
42次且：讀作「茲居」，徘徊不前貌。
43掩執：捉姦在床。
44訐：讀作「杰」，揭發、攻擊別人的隱私、缺點。
45蹇緩：遲鈍緩慢。蹇，讀作「簡」。
46閾：讀作「玉」，門檻。
47罅：讀作「下」，縫隙。
48椀：同今「碗」字，是碗的異體字。
49狼犺：踉蹌的樣子。犺，讀作「抗」。
50開光：佛像完成後，擇日開始供奉的典禮。
51侵漁：強奪、侵占他人財物，就像捕魚一樣，故稱。
52傾橐：傾囊、打開錢袋。此指捐獻。橐，讀作「陀」，袋子、錦囊。

53疔：讀作「丁」，一種毛囊及毛囊周圍組織被細菌感染的病症，形似豌豆。剛開始如粟粒般大小，有白色膿頭，腫硬劇痛，患者易發寒熱。瘇，同「尰」，讀作「腫」，是尰的異體字，一種足部浮腫的疾病。

54刺釘拖索：官吏追討拖欠的賦稅所使用的殘酷手段。

白話翻譯

在長江漢水一帶，百姓虔誠信奉青蛙神，青蛙祠中有難以計數的青蛙，還有像蒸籠那麼大的。若有人觸怒了青蛙神，家中就會出現靈異現象，青蛙會在桌子、床鋪之間徘徊，甚至爬上光滑的牆壁卻不會掉下來，情況各異，但只要有這種怪異現象發生，這戶人家就要倒大楣了。人們紛紛感到恐慌，獻上祭品祈求青蛙神的寬恕，若是能讓青蛙神愉悅，那就可以倖免於難。

薛崑生是湖北人，年幼聰慧，長相俊美，六、七歲時，有一位身穿青衣的老婦人來到他家，自稱是青蛙神派來的使者，傳達青蛙神的旨意，願意將女兒許配給他。薛崑生的父親質樸率性，不肯答應，推辭說兒子年齡尚幼，然而薛家雖然推辭這門親事，也不敢與別人訂親。幾年後，薛崑生逐漸長大，和姓姜的小姐訂親，青蛙神告訴姜家：「薛崑生是我的女婿，怎能娶你家女兒！」姜家很害怕，就把聘禮退還。薛崑生的父親爲此感到煩惱，帶著潔淨的供品到廟裡向青蛙神禱告，自稱不敢高攀與神仙結親。剛禱告完，就發現酒菜中有大蛆在其中竄動，他把酒菜都倒了，向神謝罪後回家，心裡更加惶恐，也只好置之不理。

有一天，薛崑生走在路上，有一個使者迎上前來傳達青蛙神的旨意，堅持請他過去。薛崑生無法推辭，只好隨他一同前往。他們走進一扇朱紅色的大門，樓閣美輪美奐，一位老者坐在大廳上，約莫七、八十歲。薛崑生上前跪拜行禮，老者命人扶他起來，讓他在桌子旁坐下。不久，丫鬟、僕婦都跑來看他，鬧哄哄地站在大堂兩側。老者轉過頭來說：「進去通報一下，就說薛郎來了。」幾個丫鬟就跑了出去。不久，一個老婦人領著一位女子走出，女子約莫十、七八歲，容貌豔麗無雙，老者指著女郎對薛崑生說：「這是小女十娘，我認爲與你很相配，但你父親認爲她是異類而拒絕。婚姻是終身大事，父母只能做一半的主，這事還得看你的意思。」

薛崑生注視著十娘，很喜歡她，卻默不作聲。老婦人說：「我早就知道薛郎會答應。請你先回去，我們馬上就送十娘過去與你完婚。」薛崑生說：「好。」回家後急忙將此事稟報父親，匆忙間，薛父也苦無對策，要他婉拒這門婚事，薛崑生不肯，正在爭吵時，送駕的車子已經停在門口，在成群丫鬟簇擁下，十娘進屋了。她上堂拜見公婆，薛崑生的父母見到她竟都很喜歡，當晚就拜堂成親，夫妻倆感情很融洽。從此以後，十娘的父母時常前來薛家，他們穿紅衣代表薛家有喜事，穿白衣代表薛家有錢，每次都很靈驗，薛家也因此逐漸富有。

自從娶了青蛙神的女兒，薛家的大門、大廳、籬笆和廁所到處都是青蛙，家裡沒有人敢叫罵亂踩。只有薛崑生年少輕狂，無論心情好壞，時常會踩死青蛙。十娘性情雖然謙和溫順，但也容易動怒，對薛崑生的所作所爲很不滿意，但薛崑生並未因此而有所收斂。十娘有一次與薛崑生起了衝突，薛崑生怒道：　難道就因爲你父親是青蛙神，就能隨意害人嗎？男子漢大丈夫怕什麼青蛙！」十娘很忌諱他說青蛙，也不禁怒火中燒，說：「自從我進了你薛家的門，你家變得富有，田產家業也增加了，現在不愁吃穿，就想要忘恩負義了嗎？」薛崑生更生氣地說：「我還嫌你這些錢髒，無法遺留子孫，你還不如早點離去！」說完就把十娘趕走了。

當薛崑生的父母聽說了此事，十娘已經離開了。兩老責備兒子太過莽撞，要他趕緊去把十娘追回來。薛崑生正在氣頭上，執意不聽，到了晚上，薛崑生母子都罹患疾病，頭昏腦脹，食不下嚥。薛父害怕，就到青蛙祠去請罪，言辭間十分誠懇。三天後，薛家母子的病自然痊癒，十娘也回家來，夫妻倆和好如初。

十娘每天穿戴整齊坐在家裡，也不做女紅，薛崑生的衣物都是薛母所做。有一天，薛母氣憤地說：「兒子都娶媳婦了，什麼事都還要我這個老太婆親力親爲，別人是媳婦侍候婆婆，我們家倒反過來了！」這話正好被十娘聽到，她氣憤地到大廳說：「我這個兒媳婦早晚服侍您，哪裡還讓您不滿意呢？我只不過是需要人伺候，無法省下請僕人的錢罷了！」薛母被問得啞口無言，神情沮喪，獨自流淚。薛崑生進屋，見母親臉上的淚痕，問明情況後，怒斥十娘，十娘與他爭辯，不肯屈服。薛崑生說：「娶妻子卻不能讓父母高興，還不如沒有媳婦！就是觸犯青蛙神動怒，橫豎也不過是一條命而已！」他又將十娘趕出家門，十娘這回也氣憤地走了。

第二天，薛家宅院失火，火勢蔓延開來，燒毀幾間屋子，屋裡的家具都燒成灰了。薛崑生大怒，到青蛙祠罵道：「你的女兒不能侍奉公婆，沒有一點兒家教，你倒還袒護她！神明應該是公正的，哪裡有教人懼怕媳婦的道理！況且我們夫妻吵架，都是我一個人的過錯，與我父母何干？就算要懲罰，也應該懲罰我一個人。如果你非得如此，我也把你家給燒了，算是對你的回報！」說完，他就在殿裡堆上木柴，拿火要去點。附近的居民都跑來哀求他不要這麼做，薛崑生才罷手，憤憤不平地回家去，薛父薛母聽說他的行爲，不由得大驚失色。

到了夜晚，青蛙神託夢給附近的村民，讓他們替祂的女婿修建房屋。天亮以後，村民們準備好材料、召集工匠，要來替薛家修建房屋。薛家無法阻攔，只好任由他們去做，每天都有數百人前來幫忙，沒幾天，薛家的房屋煥然一新，家具也全都備齊了。薛家的屋子剛整修好，十娘竟也回來了，她到大廳向公婆請罪，言語溫順，又轉身對薛崑生微笑，一家人化解仇怨，從此以後，十娘的性情更加溫和，兩年下來家中不再有爭吵。

十娘最怕蛇。有一次，薛崑生用盒子裝了一條蛇，騙她打開。十娘一看，臉色大變，痛罵薛崑生，他原本只是想捉弄十娘，被她這一罵也動了怒，兩人又吵起來。十娘說：「這一次我不用你趕，我們夫妻就此恩斷義絕。」說完，便走出門離開了。薛父很害怕，杖責薛崑生一頓，向青蛙神請罪，幸好這次青蛙神沒有降罪，卻也了無音訊。一年多後，薛崑生想念十娘，感到很懊悔，偷偷到蛙神祠哀求十娘回來，卻無得到任何回音。不久，聽說青蛙神將十娘許配給袁家，薛崑生心中失望，也想要向其他人家提親，卻沒有一個令他滿意的。薛崑生思念十娘

青蛙神
不意青蛙
亦歸神郎
情偎薄妾
情真性
誠善怒
猶能解
羞勝初
終恬過
人

之情更殷切，他去袁家打探消息，發現他們已經開始打掃粉刷屋子，準備迎娶十娘。薛崑生心中又慚愧、又氣憤，食不下嚥就病倒了。薛父和薛母都很憂心，不知道該如何是好。

忽然，昏迷的薛崑生冥冥中感到有人在撫摸他，說：「你不是總想要趕我走嗎？怎麼現在變成這樣？」他睜開眼見到十娘，喜出望外，一躍而起，問：「你怎麼來了？」十娘說：「你待我如此薄情，我本該遵從父命，另嫁他人。袁家前來下聘，我還是不忍與你恩斷義絕。今天晚上就是成親的日子，家父覺得悔婚很丟臉，只好我親自上門將聘禮退還。臨走時，父親出門來送我，說：『傻丫頭！你不聽我言，以後若再受薛家的氣，就算死也不要回來。』」薛崑生聽了，感動得潸然淚下，薛家全家人更是都很高興，急忙去稟報薛崑生的父母。薛母一聽，也不等十娘來拜見她，直接到兒子的屋裡，拉著十娘的手哭泣。

自此之後，薛崑生也變得穩重，不再惡作劇了，夫情感情更加篤厚。十娘說：「我以爲你性格輕佻，難以白頭偕老，不敢懷孕生子，現在已經沒有後顧之憂了，我想要生個孩子。」不久，蛙神夫婦穿著紅袍來到薛家，第二天，十娘就臨盆了，生下兩個男孩。從此，薛家和蛙神往來不斷。當地居民有時觸怒了青蛙神，就先來找薛崑生求情；薛崑生讓婦女穿戴整齊來拜見十娘，只要十娘一笑，問題就迎刃而解。薛家後代子孫興旺，人們都稱他家是「薛蛙子家」，只是附近居民不敢如此稱呼，只有住得遠的人才敢這麼叫。

又，青蛙神時而附身在神巫身上，藉由神巫旨意。神巫能知道青蛙神的喜怒，告訴善男信女說蛙神「高興」，福氣就會來到，若說蛙神「發怒了」，女人孩子往往歎息，甚至還有爲了蛙神廢寢忘食的。不知是習俗如此，還是蛙神眞的靈驗，這些傳說也不全是空穴來風。

有個富商周某，生性吝嗇，碰上鄉鄰集資修建關帝祠，無論貧富都有貢獻，唯獨周某不肯出一毛錢。建祠的工程拖了很久還無法完工，領頭的也無計可施。那時正好祭祀蛙神，神巫突然說：「周倉將軍命我蛙神來主持募捐，把登記簿拿來。」大家趕忙照做。神巫又說：「已捐過的不再勉強，沒捐的依照能力自己登記。」所有人恭敬地各自登記，神巫看著眾人說：「周某在此處嗎？」周某混在人群中，恐怕蛙神知道，聽到自己被點名，只好慢吞吞地上前，神巫指著簿子說：「寫一百兩銀子。」周某很困窘，神巫怒道：「淫亂債還能拿出二百兩銀子，做好事難道就拿不出錢來了？」原來是先前，周某和某個女人私通，被她的丈夫當場抓住，周某用兩百兩銀子擺平此事，蛙神揭露了他的隱私，周某更加慚愧，只好按照指示登記。周某回來後告訴妻子，妻子說：「你被神巫給騙了。」因此，神巫幾次來要錢，周某總是不給。

有一天，周某正在午睡，忽然聽到門外有喘大氣的聲音。開門一看，竟是一隻大青蛙，這隻青蛙大到幾乎占滿房門口，緩緩爬進門後又轉身趴到門檻上，全家都很吃驚。周某說：「一定是來收取募捐的款項。」他趕忙焚香祈禱，願意先交出三十兩銀子，其餘的分期送還，青蛙仍是不動。周某請求先交五十兩，青蛙忽然縮小了一尺多，又再加二十兩，青蛙縮小成像米斗一樣大，答應了全部交清，青蛙縮小成拳頭大小，才緩緩出了門，鑽進牆縫離開了。周某急忙把五十兩銀子送到監造所，人們都覺得奇怪，周某也不說原由。過了幾天，神巫又說：「周某還欠五十兩，爲何不催他一齊交來？」周某聽了很害怕，又送去十兩銀子，希望能就此蒙混過關。

又有一天，周某夫婦正在吃飯，青蛙又來了，還是像先前那樣，怒目而視。一會兒後，青蛙跳到周某床上，床被搖得快要倒塌，牠更把嘴巴貼著枕頭睡；肚子鼓起像頭躺著的牛，把床鋪四個角都占滿。周某非常驚恐，立刻交出一百兩銀子，青蛙仍不爲所動。令周某吃驚的是，有很多小青蛙正不斷朝他家聚集，第二天依舊源源不絕，倉庫、洞穴、床上，都被這些青蛙給占滿。有些青蛙比碗大，跑到灶上吃蒼蠅，把飯菜攪爛，弄髒食物使人沒法吃。到了第三天，院子裡全是跳動的青蛙，人無立足之地。一家人嚇得不知如何是好，不得已，周某去找神巫解救。神巫說：「蛙神一定是覺得你給的銀子太少了。」周某無可奈何，只好向蛙神祈禱，願意再加二十兩，大青蛙這才抬起頭；再加銀兩，大青蛙抬起一隻腳，一直加到一百兩銀子，大青蛙四腳抬起，下床出門。青蛙笨拙地往前爬幾步，又返回趴在門裡。周某再問神巫，神巫揣摩蛙神的意思，是要周某立即把錢拿出來。周某無奈之下，只好把錢如數交給神巫，大青蛙這才離開，走了幾步後，身體突然縮小，混雜在眾多青蛙裡，其他青蛙也紛紛離開了。

祠堂蓋好後，開光祭祀，又需財物。神巫忽然指著帶頭的人說：「某人應該拿出若干。」在場共有十五人，只有二人未點到。大家祈禱說：「我們和某某，早已共同捐過。」神巫說：

慕緣
丹雘重新
壯繆祠老
蛙司募竟無
私有錢既肯償淫
債好事何妨出巨貲
慕緣

「我不是按照各家的貧富狀況來決定捐贈的多寡，而是依憑你們所侵占的數目來決定，別人捐的錢，你們怎能私吞呢！要是不拿出來，恐怕會大禍臨頭。念在你們帶頭捐款的人的辛勞，所以替你們消災。除某某廉正無私外，即使我家神巫，我也絲毫不袒護他，就讓他先拿出錢來，作爲大家的榜樣。」神巫立刻跑回家翻箱倒櫃，妻子問他話也不回答，拿著錢袋跑出來，告訴眾人：「我私吞八兩銀子，現在全部交出。」大家一起秤銀子，共有六兩多，叫人記下他欠下的數目。大家都很驚駭，不敢爭辯，把私吞的銀兩如數交出。事後神巫不記得此事，有人告訴他，他聽後很慚愧，抵押衣裳湊足了八兩銀子。只有兩個人虧欠錢數。事後，其中一個人病了一個多月，另一個人生了瘡，醫藥費都比欠的銀兩還多，人們認爲這是對他們私吞捐款的報復。

記下奇聞異事的作者如是說：「青蛙神主持募捐事宜，就沒有人敢不做善事，比起官府以酷刑催繳賦稅的手段，豈不高明許多嗎？況且蛙神可以揭發私吞公款的人，同時又替他們消災，討債的方法雖然很強橫，倒也是在大行善事。」

任秀

任建之，魚臺[1]人。販氈裘為業。竭貲赴陝。途中逢一人。自言：「申竹亭，宿遷[2]人。」話言投契，盟為弟昆[3]，行止與俱。至陝，任病不起，申善視之。積十餘日，疾大漸。謂申曰：「吾家故無恆產，八口衣食，皆恃一人犯霜露[4]。今不幸，殂謝[5]異域。君，我手足也，兩千里外，更有誰何！囊金二百餘，一半君自取之，為我小備殮具，剩者可助資斧；其半寄吾妻子，俾輦吾櫬[6]而歸。如肯攜殘骸旋故里，則裝資勿計矣。」乃扶枕為書付申，至夕而卒。申以五六金為市薄材，殮已。主人催其移櫬[7]，申託尋寺觀，竟遁不返。

任家年餘方得確耗。任子秀，時年十七，方從師讀，由此廢學，欲往尋父柩。母憐其幼，秀哀涕欲死，遂典貲治任，俾老僕佐之行，半年始還。殯後，家貧如洗。幸秀聰穎，釋服[8]，入魚臺泮[9]。而佻達[10]善博，母教戒綦[11]嚴，卒不改。一日，文宗案臨[12]，試居四等。母憤泣不食，秀慚懼，對母自矢[13]。於是閉戶年餘，遂以優等食餼[14]。母勸令設帳[15]，而人終以其蕩無檢幅[16]，咸誚薄之。有表叔張某，賈京師，勸使赴都，願攜與俱，不耗其貲。秀喜，從之。至臨清[17]，泊舟關[18]外。時鹽航艤[19]集，帆檣如林。臥後，聞水聲人聲，聒耳不寐。

更既靜，忽聞鄰舟骰聲清越，入耳縈心，不覺舊技復癢。竊聽諸客，皆已酣寢，囊中自備千文，思欲過舟一戲。潛起解囊，捉錢踟躕，回思母訓，即復束置。既睡，心怔忡[20]，苦不得眠：

又起，又解：如是者三。興勃發，不可復忍，攜錢遝去。至鄰舟，則見兩人對博，錢注豐美。置錢几上，即求入局。二人喜，即與共擲。秀大勝。一客錢盡，即以巨金質舟主，漸以十餘貫作孤注。賭方酣，又有一人登舟來，眈視良久，亦傾橐出百金質主人，入局共博。張中夜醒，覺秀不在舟；聞骰聲，心知之，因詣鄰舟，欲撓沮[21]之。至，則秀胯側積貲如山，乃不復言，負錢數千而返。呼諸客並起，往來移運，尚存十餘千。未幾，三客俱敗，一舟之錢俱空。客欲賭金，而秀欲已盈，故託非錢不賭以難之。張在側，又促逼令歸。三客燥急。舟主利其盆頭[22]，轉貸他舟，得百餘千。客得錢，賭更豪；無何，又盡歸秀。

天已曙，放曉關[23]矣，共運貲而返。三客亦去。主人視所質二百餘金，盡箔[24]灰耳。大驚，尋至秀舟，告以故，欲取償於秀。及問姓名、里居，知為建之之子，縮頸羞汗而退。過訪榜人[25]，乃知主人即申竹亭也。秀至陝時，亦頗聞其姓字；至此鬼已報之，故不復追其前隙矣。乃以貲與張合業而北，終歲獲息倍蓰[26]。遂援例入監。益權子母[27]，十年間，財雄一方。◆

◆何守奇評點：鬼報甚巧。

鬼魂的報應甚是巧妙。

1 魚臺：古代縣名，今山東省魚臺縣。
2 宿遷：古代縣名，今江蘇省宿遷市。
3 弟昆：結拜為異姓兄弟。
4 犯霜露：餐風露宿。此指在外奔波勞碌。
5 殂謝：亡故、辭世。殂，讀作「促」的二聲，死亡。
6 櫬：讀作「趁」，棺材。

7 槥：讀作「惠」，薄而小的棺材。
8 釋服：服喪期滿，脫去孝服。
9 入魚臺泮：即考進魚臺縣學成為秀才。古代學宮內有泮池（半月形的水池），故稱學宮為「泮宮」，童生入縣學為生員，稱「入泮」。泮，讀作「盼」。
10 佻達：舉止輕浮、不莊重。

11 綦：讀作「其」，極、甚之意。
12 文宗案臨：學使案臨考試。文宗，清朝時期提督學政的別稱，掌管教育行政及各省學校生員的升降考核，又名學道、學政等，一般指的是主考官員。臨，提督學政至所屬各級縣市，主持歲試與科試。
13 自矢：矢言立誓。
14 食餼：領取官方的津貼。謂成為廩生，即明清時期領國家俸祿的生員。餼，讀作「系」。
15 設帳：開學堂授徒。
16 檢幅：檢點，節制。
17 臨清：古代縣名，今山東省臨清市。
18 關：設置在出入要道上的檢查站，俗稱海關。
19 艤：讀作「乙」，泊舟。
20 怔忡：讀作「蒸沖」，心跳加速，心緒不寧的樣子。
21 撓沮：阻止、阻擋。沮，同「阻」。
22 盆頭：贏家付給賭場的場地與器具費用。
23 曉關：早晨海關開始作業的時間。
24 箔：塗在冥紙上的金粉。以此代指大量冥紙。
25 榜人：船夫、船家。榜，此處讀作「蹦」，船隻、船槳。
26 蓰：讀作「總」，草葉細密繁茂狀。引申作行商大發利市。
27 權子母：利用本金去放貸或經營生意，以獲得更多的利潤。

白話翻譯

任建之是魚臺縣人，以販賣毛裘爲生。他帶著所有資本趕赴陝西，途中遇到一個人，自我介紹說：「我叫申竹亭，是宿遷人。」兩人很談得來，結拜爲異姓兄弟，行住坐臥都在一起。到了陝西，任建之一病不起，申竹亭在一旁細心照顧。過了十幾天，任建之病危，他對申竹亭說：「我家沒有田地房產，一家八口人的吃穿用度，全靠我一個人在外勞碌奔波所賺來。現在我不幸要客死異鄉。你與我親如手足，離家兩千里外，還有誰比你更親呢？我在行李中存放二百多兩銀子，一半請你拿去，替我準備棺材，剩下的你可以拿去當作做生意的本錢；另一半寄給我的妻子兒女，讓他們能夠把我的棺材運回家安葬。如果你願意把我的遺體運回故鄉，這些開銷都不必詳細計較了。」說完，任建之趴在枕頭上寫了封遺書，交給申竹亭，到了晚上他就死了。申竹亭用五、六兩銀子替任建之買了一口薄棺材，把入斂事宜處理完畢，店主催促他趕快把棺材移走。申竹亭假託要尋找寺廟安放，竟然逃走不返回。

任家一年多後才得到任建之已死的消息。他的兒子任秀，當時十七歲，正跟著老師讀書，從此他就荒廢學業，打算前往尋找父親的靈柩。母親可憐他年幼，不肯答應，任秀痛哭流涕，傷心欲絕。任母只好典當家產，替他準備好行李與盤纏，派一個老僕相伴而行，半年後他們才回到家。任建之出殯後，家中一貧如洗，幸好任秀天資聰穎，服喪期滿後，他考進魚臺縣學成爲秀才。然而任秀個性輕浮放蕩且嗜賭成性，縱使任母如何嚴厲管教，他就是屢教不改。有一天，提督學政來到縣學主持考試，任秀的成績評定爲四等。任母氣憤不吃飯，任秀又慚愧又害怕，對母親發誓要發憤苦讀，就此閉門讀書一年多，以優等的成績補上廩生。任母勸他開館授徒，然而人們終究因爲他行爲放蕩不收斂，一個個都看不起他。任秀有個表叔張某人，在京城做買賣，勸任秀到京城，他願意帶他一同前往，不用他出旅費。任秀很高興，就和表叔走了。到了臨清縣，把船停泊在海關外。當時有許多鹽船聚集，帆檣林立像一片樹林般，任秀躺在船艙裡，耳邊水聲人聲不斷，吵得他睡不著覺。

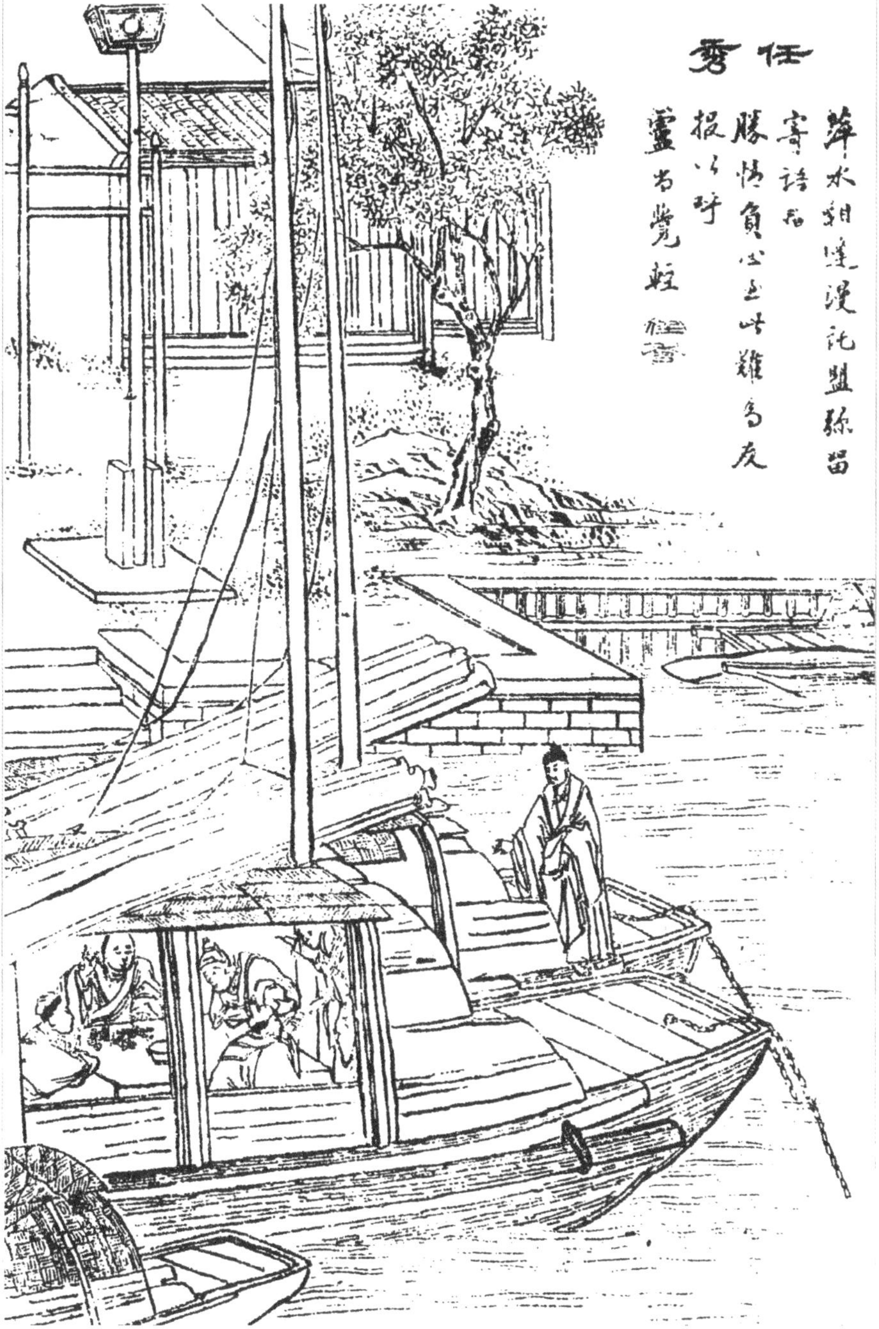
任秀
萍水相逢漫托盟孫留
寄語若
滕情負心至此難為友
報以呼
盧尚覺輕

夜深人靜時，忽聽隔壁船上傳來擲骰子的清脆聲響，任秀聽見後心癢難耐，又想要賭博。他偷聽船上的客人，都已經睡得很沉，他的錢袋裡有一千文錢，就想要到隔壁船上去玩一把。他偷偷把錢袋解下，拿著錢猶豫半天，回想母親的訓誡，又把錢放了回去。他躺回床上，心悸不安，半天都睡不著，又起來解開錢袋，又把錢袋放回去，如此重複了三次，賭性大發，再也忍不住了，帶著錢直接前往。他到了隔壁船上，看到兩人正在賭博，賭注很大，他把錢放在桌案上，請求這兩人讓他加入。

那兩人很高興，就和他一起擲骰子，任秀成爲最大的贏家。一個客人輸光了錢，就拿銀子向船主換了銅錢再賭，逐漸以十幾貫錢做賭注。他們賭得正盡興，又有一個人乘船過來，站在旁邊看了很久，他也把所有的錢拿出來，用一百兩銀子向船主換了銅錢，加入賭局一起來賭。張某半夜醒來，發現任秀不在船上，聽到擲骰子的聲音，就知道任秀跑去賭錢了，他也上了隔壁的船，欲阻止任秀繼續賭，來到船上一觀，只見任秀腳邊的錢堆積如山，就沒出聲阻止，揹了幾千文銅錢回到船上，他又把船上的客人都叫起來幫忙搬錢，留下十幾貫錢給任秀做賭本。不久，三個賭客都輸光了錢，船上的錢也都兌換光了。客人想用銀子來賭，任秀已賺得盆滿缽滿，所以故意推託說若不是銅錢就不繼續賭，以此爲難他們。張某站在旁邊，又催促逼迫任秀回去。三個賭客開始急躁起來，船主看到有利可圖，就從別的船上借來一百多貫錢。客人拿了銅錢，賭得更大了，沒過多久，錢又全都輸給了任秀。

這時天已經亮了，海關要開始營業，任秀和表叔一起把錢搬回船上，三個賭客也各自離去。設賭局的船主檢視那三個客人用來兌換銅錢的二百多兩銀子，全變成了冥紙，他嚇了一大跳，找到任秀的船，把這件事告訴他，想要任秀來賠償。等到問起任秀的姓名、籍貫，知道他就是任建之的兒子，卻縮起脖子，羞愧得冷汗直流，就此離去。任秀向其他船家打聽，才知道船主就是申竹亭。任秀到陝西的時候，也聽過申竹亭的大名，父親的鬼魂也已經報復了他，就不再追究他以前的過錯。任秀就用這筆錢和張某合夥到北方做生意，到了年終時獲得好幾倍的利潤。任秀按照規定捐錢給朝廷，取得太學生員的資格。後來他的生意越做越旺，十年之間，已然成為地方首富。

晚霞

五月五日，吳越[1]間有鬥龍舟之戲：刳木[2]為龍，繪鱗甲，飾以金碧[3]；上為雕甍[4]朱檻；帆旌皆以錦繡；舟末為龍尾，高丈餘；以布索引木板下垂，有童坐板上，顛倒滾跌，作諸巧劇。下臨江水，險危欲墮。故其購是童也，先以金啗其父母，預調馴之，墮水而死，勿悔也。吳門[5]則載美妓，較不同耳。

鎮江有蔣氏童阿端，方七歲，便捷奇巧，莫能過，聲價益起，十六歲猶用之。至金山[6]下，墮水死。蔣媼止此子，哀鳴而已。阿端不自知死，有兩人導去，見水中別有天地；回視，則流波四繞，屹如壁立。俄入宮殿，見一人兜牟[7]坐。兩人曰：「此龍窩君也。」便使拜伏。龍窩君顏色和霽，曰：「阿端伎巧可入柳條部。」遂引至一所，廣殿四合。趨上東廊，有諸年少，出與為禮，率十三四歲。即有老嫗來，眾呼解姥。坐令獻技。已，乃教以錢塘飛霆之舞，洞庭和風之樂[8]。但聞鼓鉦喤聒，諸院皆響。既而諸院皆息。姥恐阿端不能即嫺，獨絮絮[9]調撥[10]之；而阿端一過，殊已了了。姥喜曰：「得此兒，不讓晚霞矣！」

明日，龍窩君按部[11]，諸部畢集。首按夜叉部，鬼面魚服[12]，鳴大鉦，圍四尺許；鼓可四人合抱之，聲如巨霆，叫噪不復可聞。舞起，則巨濤洶湧，橫流空際，時墮一點星光，及著地消滅。龍窩君急止之，命進乳鶯部，皆二八姝麗，笙樂細作，一時清風習習，波聲俱靜，水漸凝如水晶

世界，上下通明。按畢，俱退立西墀下。次按燕子部，皆垂髫人。內一女郎，年十四五以來，振袖傾鬟，作散花舞[13]：翩翩翔起，衿袖襪履間，皆出五色花朵，隨風颺下，飄泊滿庭。舞畢，隨其部亦下西墀。阿端旁睨，雅愛好之。問之同部，即晚霞也。

無何，喚柳條部。龍窩君特試阿端。端作前舞，喜怒隨腔[14]，俛仰中節。龍窩君嘉其惠悟，賜五文袴褶[15]，魚鬚金束髮[16]，上嵌夜光珠。阿端拜賜下，亦趨西墀，各守其伍。端於眾中遙注晚霞，晚霞亦遙注之。少間，端逡巡出部而北，晚霞亦漸出部而南；相去數武[17]，而法嚴不敢亂部，相視神馳而已。既按蛺蝶[18]部，童男女皆雙舞，身長短、年大小、服色黃白，皆取諸同。諸部按已，魚貫而出。柳條在燕子部後，端疾出部前，而晚霞已緩滯在後。回首見端，故遺珊瑚釵，端急納袖中。既歸，凝思成疾，眠餐頓廢。解姥輒進甘旨[19]，日三四省，撫摩殷切，病不少瘥[20]。姥憂之，罔所為計，曰：「吳江王壽期已促[21]，且為奈何！」

薄暮，一童子來，坐榻上與語，自言：「隸蛺蝶部。」從容問曰：「君病為晚霞否？」端驚問：「何知？」笑曰：「晚霞亦如君耳。」端悽然起坐，便求方計[22]。童問：「尚能步否？」答云：「勉強尚能自力。」童挽出，南啟一戶；折而西，又闢雙扉。見蓮花數十畝，皆生平地上；葉大如席，花大如蓋，落瓣堆梗下盈尺。童引入其中，曰：「姑坐此。」遂去。少時，一美人撥蓮花而入，則晚霞也。相見驚喜，各道相思，略述生平。遂以石壓荷蓋令側，雅可幛蔽；又勻鋪蓮瓣而藉之，忻[23]與狎寢。既訂後約，日以夕陽為候，乃別。端歸，病亦尋愈。由此兩人日一會於蓮畝◆。

◆**馮鎮巒評點：**欲寫幽歡，先布一妙境，視桑間野合，濮上于飛者，有仙凡之別。

想要寫男女幽會，先敘寫一個妙境，與凡間男女在桑間濮上交歡不同，這是仙凡之間的差別。

過數日，隨龍窩君往壽吳江王。稱壽已，諸部悉歸，獨留晚霞及乳鶯部一人在宮中教舞。數月更無音耗，端悵惘若失。惟解姥日往來吳江府；端託晚霞為外妹[24]，求攜去，冀一見之。留吳江門下數日，宮禁森嚴，晚霞苦不得出，怏怏而返。積月餘，癡想欲絕。一日，解姥入，戚然相弔曰：「惜乎！晚霞投江矣！」端大駭，涕下不能自止。因毀冠裂服，藏金珠而出，意欲相從俱死。但見江水若壁，以首力觸不得入。念欲復還，懼問冠服，罪將增重。意計窮蹙，汗流浹踵。忽睹壁下有大樹一章，乃猱攀[25]而上，漸至端杪；猛力躍墮，幸不沾濡，而竟已浮水上。不意之間，恍睹人世，遂飄然泅去。移時，得岸，少坐江濱，頓思老母，遂趁舟而去。抵里，四顧居廬，忽如隔世。次且[26]至家，忽聞窗中有女子曰：「汝子來矣。」音聲甚似晚霞。俄，與母俱出，果霞。斯時兩人喜勝於悲；而媼則悲疑驚喜，萬狀俱作矣。

初，晚霞在吳江，覺腹中震動，龍宮法禁嚴，恐旦夕身娩，橫遭撻楚；又不得一見阿端，但欲求死，遂潛投江水。身泛起，沉浮波中，有客舟拯之，問其居里。晚霞故吳名妓，溺水不得其尸，自念衏院[27]不可復投，遂曰：「鎮江蔣氏，吾婿也。」客因代貫[28]扁舟，送諸其家。蔣媼疑其錯誤，女自言不誤，因以其情詳告媼。媼以其風格韻妙，頗愛悅之；第慮年太少，必非肯終寡也者。而女孝謹，顧家中貧，便脫珍飾售數萬。媼察其志無他，良喜。然無子，恐一旦臨蓐，不見信於戚里，以謀女。女曰：「母但得真孫，何必求人知。」媼亦安之。會端至，女喜不自已。媼亦疑兒不死；陰發兒冢，骸骨具存。因以此詰[29]端。端始爽然自悟；然恐晚霞惡其非人，囑母勿復言。母然之。遂告同里，以為當日所得非兒尸。然終慮其不能生子。未幾，竟舉一男，捉之無異常兒，始悅。

久之，女漸覺阿端非人，乃曰：「胡不早言！凡鬼衣龍宮衣，七七魂魄堅凝，生人不殊矣。若得宮中龍角膠，可以續骨節而生肌膚，惜不早購之也。」端貨其珠，有賈胡[30]出貲百萬，家由此巨富。值母壽，夫妻歌舞稱觴[31]，遂傳聞王邸。王欲強奪晚霞。端懼，見王自陳：「夫婦皆鬼。」驗之無影而信，遂不之奪。但遣宮人就別院，傳其技。女以龜溺[32]毀容，而後見之。教三月，終不能盡其技而去。

1吳越間：春秋時代吳國和越國管轄之地，即今江蘇、浙江一帶。
2剳木：將木頭挖空。剳，讀作「哭」，剖挖。
3金碧：指泥金、石青和石綠三種顏料所作的山水畫，由唐朝李思訓所創，是北宋畫法之一，稱金碧派。後以色彩鮮豔、金碧輝煌的彩飾稱為金碧。
4甍：讀作「盟」，屋脊。
5吳門：古代吳縣的別稱，即今蘇州市。
6金山：今江蘇省鎮江市西北，居長江中，後沙漲成陸。
7兜牟：頭盔。此指戴著頭盔。
8錢塘飛霆、洞庭和風：作者虛擬的樂曲與舞蹈名，出自唐傳奇李朝威所撰《柳毅傳》，龍王錢塘君解救龍女時，「千雷萬霆，激繞其身，霰雪雨雹，一時皆下」。聲勢慷慨激昂，令人心驚膽戰。洞庭君則性格溫和，為慶賀龍女回宮，「金石絲竹，羅綺珠翠，舞女于左」，故為洞庭和風。
9絮絮：嘮叨不停，此指不厭其煩。
10調撥：指點、教導。
11按部：檢查、查閱各部。
12魚服：用海豚之類的皮革製成的箭袋。
13散花舞：天女散花之舞。典故出自《維摩詰經‧觀眾生品》：「時維摩詰室有一天女，見諸大人，聞所說法，便現其身，即以天華散諸菩薩大弟子上。」
14喜怒隨腔：意謂臉上喜怒哀樂的表情隨樂曲內容而變化。
15袴褶：騎兵的軍服。
16魚鬚金束髮：用金絲所製成魚鬚形狀的束髮飾品。
17數武：走幾步，意謂不遠的距離。
18蛺蝶：即蝴蝶。蛺，讀作「夾」。
19甘旨：美味的食物。
20瘥：讀作「折」的四聲，病癒。
21促：緊迫。
22方計：方法，計謀。
23忻：讀作「欣」，通「欣」，歡欣喜悅。

24外妹：表妹，也指同母異父之妹。
25猱攀：像猴子一樣攀爬。猱，讀作「撓」，猴子的一種。
26次且：讀作「茲居」，徘徊不前。
27衙院：指妓院。衙，讀作「航」。

28貰：讀作「是」，租借。
29詰：讀作「結」，問。
30賈胡：做買賣的胡人，指外國商人。
31稱觴：舉杯敬酒，此指祝壽。
32龜溺：烏龜的尿。傳說，龜尿沾到肌膚不易洗淨。

白話翻譯

五月五日，在吳越一帶有鬥龍舟的比賽，把木頭挖空，做成龍形，畫上鱗片，塗上金黃色，上爲雕花屋脊，紅欄杆，帆和旗都以錦繡製成。船尾做成龍尾之形，約有一丈餘高，用布繩拉著垂下的木板。小孩坐在木板上，又翻又滾，做出各種動作。木板浮在江水上，稍有不愼就會掉到水裡去。在挑選鬥龍舟的孩童時，都會以重金賄賂他們的父母，要他們不要聲張，事先訓練小孩雜耍把戲，若是失足落水而亡，則不可後悔。在蘇州的鬥龍舟，則是讓歌妓上船表演。

蔣阿端是鎭江的孩童，年約七歲就動作靈巧，會些奇特的雜耍特技，無人能出其右，因此名聲與身價水漲船高，長到十六歲時還是有人用他表演。有一天，船駛到金山下，他失足落水而死，蔣老太太只有這個兒子，也只能痛哭流涕。阿端不知自己已經落水身亡，有兩個人在前面領路，到了一個地方，水中別有洞天，回頭再看，只見水流波浪四面圍繞，像牆壁一般豎立著。不久，眼前出現一座宮殿，有個戴著頭盔的人坐在上頭，領他前來的那兩人說：「他就是龍窩君。」要阿端向他行禮。龍窩君和顏悅色道：「按照阿端的技藝可以編入柳條部。」阿端接著被帶到另一個大殿上，他走到東邊走廊，有幾名少年走出來和他相見施禮，這些少年看起來約十、三四歲的樣子。不久，一個老婦走來，眾人都稱她爲「解姥姥」。解姥坐下來，命阿端表演技藝，等他表演完，便教他「錢塘飛霆」的舞蹈，與「洞庭和風」的樂曲，只聽得鑼鼓聲響，各院都傳來聲音。不久，各院的樂器聲停止，解姥姥擔心阿端無法立刻上手，一對一教導他，然而阿端只要看過一次，聽過一遍，立刻能夠融會貫通。解姥姥很高興地說：「這個孩子不比晚霞差。」

第二天，龍窩君考察各部，各部的孩子都聚集起來。首先考察的是夜叉部，夜叉部的孩子戴著像魔鬼一樣猙獰的面具，穿著魚皮服裝，敲打四尺寬的大鑼，又打著四個人才能抱得動的大鼓，聲音像雷鳴一般，吵鬧得令人受不了。他們跳著舞，只見波濤洶湧，橫流空中，浪花不時閃現，落地後全部消失。龍窩君急忙命他們停止表演，隨後又命令乳鶯部的孩童上來表演。乳鶯部全是妙齡女子，她們演奏笙樂清婉細膩，一時間，涼風徐徐吹來，浪濤逐漸平息，水底逐漸凝結，宛如置身水晶世界一般，上下通明，考察完畢後，這些人都退到西邊的臺階下站立。接下來考察的是燕子部，都是些年輕稚嫩的女子。其中有個女子，年約十四、五歲左右，她衣袖輕拂，髮髻微微晃動，跳起了「天女散花舞」。只見她舞姿輕盈，衣襟、袖子、襪子、鞋子裡，都飄出五彩的花朵，隨風飛揚，整個庭園都是落花。跳完以後，她隨著燕子部也到西邊臺階下站立，阿端在一旁偷看，心中很是傾慕，向同部的人打聽，原來她就是晚霞。

不久，龍窩君考察到柳條部。他特別要阿端來表演，阿端現學現賣，把昨天學的舞蹈演示了一番，他的喜怒情緒可以隨著樂曲來變化，舞蹈搭配音樂的節拍。龍窩君誇獎他悟性很高，賜給他一件五彩花紋的連身衣褲，魚鬚型的金色束髮箍，上面鑲嵌夜明珠。阿端拜謝龍窩君的賞賜後，也走到西面臺階下歸隊。他在人群中遙望晚霞，晚霞也回望他。不久，阿端跟隨本部的隊伍朝北面走，晚霞跟隨該部的隊伍朝南面，兩人相隔幾步，卻礙於規矩無法擅自離開隊伍，只能相互注視，心中傾慕對方。不久，輪到考察蛺蝶部，這些童男童女雙雙起舞，他們無論是身高、年紀、服色都是相同。考察完畢後，各部魚貫而出，先是柳條部，接著是燕子部，阿端急忙走到本部前頭，而晚霞也走到部隊後面，她回望阿端，故意把一根珊瑚釵子丟在地上，阿端急忙撿起揣在袖子裡。阿端回去後，就得了相思病，睡不好，吃不下。解姥時常送來美食，每天都來看他三、四次，殷切地照料他，然而阿端的病仍不見好轉。解姥對此很是擔憂，又無計可施，說：「吳江王的壽辰就快要到了，這可如何是好啊！」

傍晚，有個男童跑來，坐在床上對阿端說：「我是蛺蝶部的。」又問：「你也是爲了晚霞才生病的吧？」阿端驚訝問：「你怎麼知道？」男童笑道：「因爲晚霞也跟你一樣。」阿端悲傷地坐起來，問男童可有辦法。男童問：「你還能走嗎？」阿端答：「勉強還行。」男童扶著

晚霞
無端幻出空靈境
補得情天離恨多
畢竟龍宮何處是
居然選舞又徵歌
晚霞

他出來，向南穿過一扇門，轉向西，又打開兩扇門，只見幾十畝的蓮花都長在平地上，葉子像席子一樣的寬，花朵像雨傘一樣大，落下來的花瓣堆在花梗下有一尺多厚。男童領他進入蓮花叢，說：「你坐在這裡。」便離開了。不久，只見有個美女撥開蓮花走了進來，她就是晚霞。兩人相見，非常驚喜，各述相思之情，以及自己的出身來歷。他們用石頭壓住荷葉，把葉子豎立起來作爲屏風，又把蓮花瓣均勻鋪在地上，兩人躺到了一起。他們約定好每日太陽下山後都在此會面，隨後各自離開。阿端回去後，病很快就痊癒，從此，兩人每天都在蓮花叢相見。

幾天後，他們隨龍窩君一同去向吳江王祝壽。結束後，各部都回去了，只剩晚霞和乳鶯部的其中一人在宮中教舞蹈，幾個月後仍無消息傳來，阿端因此失魂落魄。解姥姥每天都在府邸與吳江府之間往返，阿端託言晚霞是他的表妹，請解姥帶他一起兒去，希望能見到晚霞一面，阿端留在吳江王府邸數日，宮中規矩森嚴，晚霞無法出來見他，阿端垂頭喪氣地回去，一個多月後，阿端思念成癡，快要發瘋。有一天，解姥姥對阿端說：「眞是可惜啊！晚霞跳河自盡了！」阿端非常驚訝，流著淚難以自制。他把衣帽撕裂，取出藏在裡面的珠寶也想要自盡。只見江水宛如牆壁一樣，他用頭去撞也撞不進去，想再回頭又怕被人問起帽子和衣服的事情，罪名更重。他不斷想辦法，汗如雨下，腳跟都濕透了。忽然，他瞥見牆壁下有一棵大樹，便學猴子爬了上去，漸漸地爬到樹頂，他用力往下跳，身上沒有沾濕，已浮在水面上。恍惚間，宛如回到人世，就靈巧地開始泅水，不久游到岸邊稍事休息，突然想起母親，於是乘舟回去。他到了家鄉，環顧四周，宛如隔世，正在家門外徘徊，忽然聽見窗戶裡有個女子說：「你兒子回來了。」聲音聽起來像是晚霞。不久，晚霞與阿端的母親一同出來，兩人相見，喜不自勝，阿端的母親則又驚又喜，一時間心中五味雜陳。

先前，晚霞在吳江王府中，覺得腹中似有胎動，龍宮禮法森嚴，她恐怕將要分娩，會招來禍端，遭到處分，又見不到阿端，一心求死，偷偷跳入江中，沒想到身子竟然漂浮起來，在波浪中浮浮沉沉。正好有艘船經過將她救起來，問她住在何處。晚霞原來是蘇州的名妓，溺水而亡，打撈不到屍體，她自忖妓院不能再待，就說：「夫家在鎮江蔣家。」船上的人幫她租艘小船，將她送到蔣家。蔣母懷疑晚霞弄錯了，晚霞就把事情原委說了一遍，蔣母見她風姿綽約，很喜歡她，擔心她年輕不肯守寡。然而晚霞孝順恭敬，見蔣家貧困，就把首飾脫下來變賣。蔣母發現她心思純良，很是高興。然而兒子不在，恐怕晚霞將要臨盆，鄰里會對她起疑心，就與晚霞商量。晚霞說：「婆婆只管抱孫子，何必在乎別人看法。」蔣母也就放心了。阿端回來了，晚霞非常高興，蔣母心中存疑，暗中挖開兒子墳墓，屍骨仍在，就追問他，阿端才恍然大悟自己已死。擔心晚霞厭惡他不是人，囑咐蔣母將此事保密。蔣母答應了，告訴鄉里說當時打撈到的屍體不是阿端，卻擔心晚霞是鬼無法生育。不久，晚霞誕下一個男嬰，看起來與一般嬰兒無異，蔣母才笑逐顏開。

時間長了，晚霞察覺阿端是鬼，問他：「你為何不早言明呢？凡是鬼穿上龍宮的衣服，經過七七四十九天，魂魄就會凝固，與活人無異。如果能得到宮中的龍角膠，就可以接上骨節，生出肌膚，只可惜沒能早點買到。」阿端出售珠子，有個外國商人出價百萬買下，蔣家因而變得富裕。有一年，蔣母壽辰，夫妻倆一同跳舞，向母親敬酒祝壽，這件事傳到淮王耳朵裡。他想強行搶奪晚霞，阿端很害怕，去覲見淮王，坦承：「我們夫妻都是鬼。」一查驗，果然他們都沒有影子，淮王這才相信，不再搶奪。只是派宮人到其他院落，由晚霞傳授技藝。晚霞用龜尿毀去容貌，然後才去見淮王，教了三個月便離去，淮王的歌妓終究無法學全晚霞的技巧與神韻。

白秋練

直隸有慕生，小字蟾宮，商人慕小寰之子。聰惠喜讀。年十六，翁以文業[1]迂，使去而學賈，從父至楚。每舟中無事，輒便吟誦。抵武昌[2]，父留居逆旅，守其居積[3]。生乘父出，執卷哦詩，音節鏗鏘。輒見窗影憧憧[4]，似有人竊聽之，而亦未之異也。

一夕，翁赴飲，久不歸，生吟益苦。有人徘徊窗外，月映甚悉。怪之，遽出窺覘，則十五六傾城之姝。望見生，急避去。又二三日，載貨北旋，暮泊湖濱。父適他出，有媼入曰：「郎君殺吾女矣！」生驚問之。答云：「妾白姓。有息女[5]秋練，頗解文字。言在郡城，得聽清吟[6]，於今結想，至絕眠餐。意欲附為婚姻，不得復拒。」生心實愛好，第慮父嗔，因直以情告。媼不實信，務要[7]盟約。生不肯，媼怒曰：「人世姻好，有求委禽[8]而不得者。今老身自媒，反不見納，恥孰甚焉！請勿想北渡矣！」遂去。少間，父歸，善其詞[9]以告之，隱冀垂納。而父以涉遠，又薄[10]女子之懷春[11]也，笑置之。

泊舟處，水深沒棹[12]：夜忽沙磧[13]擁起，舟滯不得動。湖中每歲客舟必有留住守洲者，至次年桃花水[14]溢，他貨未至，舟中物當百倍於原直也，以故翁未甚憂怪。獨計明歲南來，尚須揭貲[15]，於是留子自歸。生竊喜，悔不詰媼居里。日既暮，媼與一婢扶女郎至，展衣臥諸榻上。向生曰：「人病至此，莫高枕[16]作無事者！」遂去。生初聞而驚；移燈視女，則病態含嬌，秋波自流。略致訊詰，嫣然微笑。生強其一語，曰：「『為郎憔悴卻羞郎』[17]，可為妾詠。」生狂喜，欲近就之，而憐其荏弱。探手於懷，接膕[18]為戲。女不覺歡然展謔[19]，乃曰：「君為妾三吟王建『羅衣葉葉』之作[20]，病當愈。」生從其言。甫兩過，女攬衣起坐曰：「妾愈矣！」再讀，則嬌顫相和。生神志益飛，遂滅燭共寢。女未曙已起，曰：「老母將至矣。」未幾，媼果至。見女凝妝歡坐，不覺欣慰。邀女去，女俛首不語。媼即自去，曰：「汝樂與郎君戲，亦自任也。」於是生始研問居止。女曰：「妾與君不過傾蓋之交[21]，婚嫁尚不可必，何須令知家門。」然兩人互相愛悅，要誓良堅。

女一夜早起挑燈，忽開卷淒然淚瑩，生急起問之。女曰：「阿翁行且至。我兩人事，妾適以卷卜[22]，展之得李益江南曲[23]，詞意非祥。」生慰解之，曰：「首句『嫁得瞿塘賈』，即已大吉，何不祥之與有！」女乃稍懽[24]。起身作別曰：「暫請分手，天明則千人指視矣。」生把臂哽咽，問：「好事如諧，何處可以相報？」曰：「妾常使人偵探之，諧否無不聞也。」生將下舟送之，女力辭而去。

無何，慕果至。生漸吐其情，父疑其招妓，怒加詬厲。細審舟中財物，並無虧損，譙訶乃已。一夕，翁不在舟，女忽至，相見依依，莫知決策。女曰：「低昂有數[25]，且圖目前。姑留君兩月，再商行止。」臨別以吟聲作為相會之約。由此值翁他出，遂高吟，則女自至。四月行盡，物價失時[26]，諸賈無策，斂貲禱湖神之廟。端陽[27]後，雨水大至，舟始通。生既歸，凝思成疾。慕憂之，巫醫並進[28]。生私告母曰：「病非藥禳[29]可痊，唯有秋練至耳。」翁初怒之；久之，支離[30]益憊，始懼，賃車載子，復如楚，泊舟故處。訪居人，並無知白媼者。會有媼操柁[31]湖濱，即出自任。翁登其舟，窺見秋練，心竊喜：而審詰邦族，則浮家泛宅[32]而已。因實告子病由，冀女登舟，姑以解其沈痼[33]。媼以婚無成約，弗許。女露半面，殷殷[34]窺聽，聞兩人言，眥淚欲墮。媼視女面，因翁哀請，即亦許之。至夜，翁出，女果至，就榻嗚泣曰：「昔年妾狀，今到君耶！此中況味，要不可不使君知。然羸頓如此，急切何能便瘳[35]？妾請為君一吟。」生亦喜。女亦吟王建前作。

生曰：「此卿心事，醫二人何得效？然聞卿聲，神已爽矣。試為我吟『楊柳千條盡向西』[36]。」女從之。生贊曰：「快哉！卿昔誦詩餘[37]，有采蓮子[38]云：『菡萏香連十頃陂[39]。』心尚未忘，煩一曼聲度[40]之。」女又從之。甫闋，生躍起曰：「小生何嘗病哉！」遂相狎抱，沈痾若失。既而問：「父見媼何詞？事得諧否？」女已察知翁意，直對「不諧」。既而女去，父來，見生已起，喜甚，但慰勉之。因曰：「女子良佳。然自總角[41]時，把柁櫂歌[42]，無論微賤，抑亦不貞。」生不語。翁既出，女復來，生述父意。女曰：「妾窺之審矣：天下事，愈急則愈遠，愈迎則愈距。當使意自轉，反相求。」生問計。女曰：「凡商賈之志在利耳。妾有術知物價。適視舟中物，並無少息。為我告翁：居某物，利三之；某物，十之。歸家，妾言驗，則妾為佳婦矣。再來時，君十八，妾十七，相歡有日，何憂為！」

生以所言物價告父。父頗不信，姑以餘貲半從其教。既歸，所自置貨，貲本大虧；幸少從女言，得厚息，略相準[43]。以是服秋練之神。生益誇張之，謂女自言，能使己富。翁於是益揭貲而南。至湖，數日不見白媼；過數日，始見其泊舟柳下，因委禽焉。媼悉不受，但涓吉[44]送女過舟。翁另賃一舟為子合巹[45]。女乃使翁益南，所應居貨，悉籍[46]付之。媼乃邀婿去，家於其舟。翁三月而返。物至楚，價已倍蓰[47]。將歸，女求載湖水；既歸，每食必加少許，如用醯[48]醬焉。由是每南行，必為致數罈而歸。

後三四年，舉一子。一日，涕泣思歸。翁乃偕子及婦俱如楚。至湖，不知媼之所在。女扣舷呼母，神形喪失[49]。促生沿湖問訊。會有釣鱘鰉[50]者，得白驥[51]。生近視之，巨物也，形全類人，乳陰畢具。奇之，歸以告女。女大駭，謂夙有放生願，囑生贖放之。生往商釣者，釣者索直昂。女曰：「妾在君家，謀金不下巨萬，區區者何遂靳直[52]也！如必不從，妾即投湖水死耳！」生懼，不敢告父，盜金贖放之。既返，不見女。搜之不得，更盡始至。問：「何往？」曰：「適至母所。」問：「母何在？」腆然曰：「今不得不實告矣：適所贖，即妾母也。向在洞庭，龍君命司行旅。近宮中欲選嬪妃，妾被浮言者所稱道，遂敕妾母，坐相索。妾母實奏之。龍君不聽，放母於南濱，餓欲死，故罹前難。今難雖免，而罰未釋。君如愛妾，代禱真君[53]可免。如以異類見憎，請以兒擲還君。妾去，龍宮之奉，未必不百倍君家也。」

生大驚，慮真君不可得見。女曰：「明日未刻[54]，真君當至。見有跛道士，急拜之，入水亦從之。真君喜文士，必合憐允。」乃出魚腹綾一方，曰：「如問所求，即出此，求書一『免』字。」生如言候之。果有道士蹩躠[55]而至，生伏拜之。道士急走，生從其後。道士以杖投水，躍登其上。生竟從之而登，則非杖也，舟也。又拜之，道士問：「何求？」生出羅求書。道士展視曰：「此白驥翼也，子何遇之？」蟾宮不敢隱，詳陳顛末[56]。道士笑曰：「此物殊風雅，老龍何得荒淫！」遂出筆草書「免」字，如符形，返舟令下。則見道士踏杖浮行，頃刻已渺。歸舟，女喜，但囑勿洩於父母。

　　歸後二三年，翁南遊，數月不歸。湖水既罄，久待不至。女遂病，日夜喘急，囑曰：「如妾死，勿瘞57，當於卯、午、酉58三時，一吟杜甫夢李白詩59，死當不朽。候水至，傾注盆內，閉門緩妾衣，抱入浸之，宜得活。」喘息數日，奄然遂斃。後半月，慕翁至，生急如其教，浸一時許60，漸甦。自是每思南旋。後翁死，生從其意，遷於楚。◆

◆何守奇評點：秋練耽愛清吟，所謂雅以魚者。

秋練特別喜愛聽人朗誦詩句，所謂的魚中雅士。

1 文業：讀書科舉。
2 武昌：今湖北省武漢市武昌區。
3 居積：囤積的貨物。
4 憧憧：人影搖曳不定。
5 息女：親生女兒。
6 清吟：他人吟詩的美稱。
7 要：要脅、逼迫。在此讀作「邀」。
8 委禽：古代以雁作為訂婚的聘禮，後稱作婚娶習俗中的下聘禮。
9 善其詞：把話說得很委婉。
10 薄：看不起。
11 懷春：少女想要嫁人。出自《詩經．召南．野有死麕》：「有女懷春，起士誘之。」
12 沒棹：淹沒了船槳，指水深達數丈。棹，讀作「照」，船槳。
13 沙磧：沙石堆積成的沙灘地。磧，讀作「氣」，水中的砂石堆。
14 桃花水：即「桃花汛」，春天正值桃花開的季節，黃河也會漲起春水。汛，河流江海定期的漲水。據《漢書．溝洫志》注：「蓋桃花方華時，既有雨水，川穀冰泮，眾流猥集，波瀾盛長，故謂之桃花水也。」
15 揭貲：指向人借錢，籌措資金。
16 高枕：高枕而臥，比喻無憂無慮。
17 為郎憔悴卻羞郎：為了思念郎君而消瘦，卻又羞於見面。出自唐代元稹《鶯鶯傳》中的詩句：「自從消瘦減容光，萬轉千回懶下床。不為旁人羞不起，為郎憔悴卻羞郎。」
18 接⿰月函：接吻。⿰月函，讀作「漢」。
19 展謔：露出笑容。
20 王建「羅衣葉葉」之作：唐代詩人王建所作〈宮詞〉：「羅衣葉葉繡重重，金鳳銀鵝各一叢。每遍舞時分兩向，太平萬歲字當中。」此處取其「太平萬歲」之意。王建（西元七六五年～八三〇年），字仲初，許州潁川（今河南省許昌市）人，唐代官員、詩人。歷任昭應縣丞、太府寺丞、秘書郎、太常寺丞，累遷陝州司馬，世稱「王司馬」，享年六十六歲。

21 傾蓋之交：偶然相遇的朋友。傾蓋，車蓋相接交談，謂途中相遇，停車說話。

22 卷卜：占卜的一種方式。隨手翻閱書中某一頁，就其內容以占吉凶。

23 李益〈江南曲〉：唐代詩人李益〈江南曲〉：「嫁得瞿塘賈，朝朝誤妾期。早知潮有信，嫁于弄潮兒。」這首詩是敘寫商人的妻子對丈夫的思念。李益（約西元七五◯年～約公元八三◯年），字君虞，隴西姑臧（今甘肅武威）人，後遷河南洛陽，唐代詩人。

24 懽：同今「歡」字，是歡的異體字。

25 低昂有數：成敗自有定數。聽天由命之意。

26 物價失時：季節性的貨物失去了販售的最佳時機，無法賣得好價錢。

27 端陽：即端午節，農曆五月五日。

28 巫醫並進：祈求神明消災解厄與醫治同時進行。

29 藥禳：醫療和祭祀。禳，讀作「攘」。

30 支離：原指身體有所殘缺，此指因生病導致身體衰弱。

31 操柁：駕船。柁，同「舵」，控制船行進方向的工具。

32 浮家泛宅：飄泊無固定居所的水上人家。

33 沈痼：長久難以治癒的頑疾。

34 殷殷：悲傷的樣子。

35 瘳：讀作「抽」，病癒。

36 楊柳千條盡向西：唐代詩人劉方平〈代春怨〉詩：「朝日殘鶯伴妾啼，開簾只見草萋萋。庭前時有東風入，楊柳千條盡向西。」

37 詩餘：詞的別名。

38 采蓮子：詞牌名，七言四句，共二十八字。句尾帶有和聲。

39 菡萏香連十頃陂：唐代詩人皇甫松〈采蓮子〉詞：「菡萏香連十頃陂，小姑貪戲採蓮遲。晚來弄水船頭濕，更脫紅裙裹鴨兒。」菡萏，讀作「漢蛋」，即荷花。陂，讀作「皮」，湖泊、池塘。

40 度：按照曲譜的節奏歌唱。

41 總角：比喻童年。古代未成年男女編紮頭髮，形如兩角，稱為「總角」，故用以指未成年的男女。角，讀作「決」。

42 櫂歌：此指搖船唱歌。櫂，讀作「照」，船槳。

43 相準：相抵。

44 涓吉：選擇黃道吉日。

45 合巹：指成婚。古時成親的夫婦要對飲合巹酒。巹，讀作「錦」。

46 籍：登記在簿籍上。

47 倍蓰：賺得數倍的高價。蓰，讀作「總」，草葉細密繁茂狀。引申作行商大發利市。

48 醯：讀作「溪」，醋。

49 神形喪失：形容極度驚慌。

50 鱘鰉：讀作「巡皇」。一種魚類，長二、三丈，沒有鱗片，形似鱘魚而背有甲骨。

51 白鱀：即白鰭豚，產於中國長江中下游一帶，嘴狹長，有背鰭。背部呈淺藍色，腹部白色，西元二◯◯七年已絕種。

52 靳直：對區區小錢計較。靳，吝惜。

53真君：道教對修道成仙之人的尊稱。
54未刻：下午一點至三點。
55蹩躠：讀作「別薩」，走路不穩的樣子。
56顛末：事情始末。
57瘞：讀作「易」。用土掩埋，即埋葬。
58卯、午、酉三時：指早晨、中午、晚上。卯時，指上午五時至七時。午時，指上午十一時至下午一時。酉時，指下午五時至七時。
59杜甫夢李白詩：李白晚年遭到流放，杜甫寫成〈夢李白二首〉，以追思李白的困頓遭遇。
60一時許：一個時辰左右。相當於現在的兩小時。

白話翻譯

慕小寰是河北人，以經商維生，其子小名蟾宮，天資聰穎，喜歡讀書。蟾宮十六歲的時候，慕小寰認爲讀書求取功名很迂腐，叫他不要讀書改學做生意，蟾宮就跟隨父親到湖北經商。他在船上無所事事，經常吟誦詩書，到了武昌，慕小寰在旅館裡看守囤積的貨物，蟾宮等他出門後，就拿起詩集來朗誦，朗誦聲抑揚頓挫十分優美。他在誦讀時，經常看見窗外有人影晃動，似乎有人在那裡偷聽，他也不以爲意。

一天晚上，慕小寰出門應酬，遲遲未歸，蟾宮朗誦聲音更大。忽然察覺有人在窗外來回踱步，在月光映射下，影子很清晰；他感到奇怪，猛然走出去察看，竟是一個十五、六歲的美人，她看見蟾宮，轉身就走了。過了兩、三天，慕家父子把貨物置辦齊全，裝上船去，準備要回北方。那天黃昏，船停在湖岸旁，慕小寰正好不在，突然有一個老婦上船，對蟾宮說：「你害死我女兒了！」蟾宮大吃一驚，詢問原由。老婦答：「我姓白，我女兒叫秋練，雅好吟詠文字。她對我說，曾在省城裡聽你朗誦詩書，對你一直念念不忘，食不下嚥，睡不安寢。我想把女兒嫁給你，請不要拒絕。」蟾宮很喜歡聽他讀詩的美女，但恐怕父親責怪，當時就據實以告；老婦不信，硬是要他答應這門婚事，蟾宮不肯，老婦大怒，說：「世人談婚論嫁，都是男方上門去女方家求親，現在我做媒把女兒許配給你，你反而拒絕，太不給我面子了！告訴你，你的船休想離開！」說完就走了。不久，慕小寰回來，蟾宮委婉把這件事告訴父親，希望他能同意這門婚事，然而慕小寰覺得路途遙遠，又認爲這姑娘主動追求男人，個性頗爲輕浮，因此一笑置之，不放在心上。

他們停船之處，水深數丈，那天夜裡忽然沙石淤積，船擱淺在湖邊，動彈不得。湖中每年都有客商船隻停留在沙灘上的事件，那些客船到了翌年春天湖水剛上漲時，其他商船的貨也還沒即時送來，存貨售價上漲，反而能賺更多錢。慕小寰也不覺得此事有什麼怪異之處，正打算回家一趟，帶更多本錢回來好囤積更多貨物，就讓蟾宮留下來看守，自己動身回家。蟾宮心中暗喜，後悔當時沒向老婦問明地址，那天傍晚，只見老婦和一個婢女攙扶著白秋練前來，鋪好被褥安排妥當後，對蟾宮說：「我女兒爲你病成這樣，你不要在旁邊乾坐著，一副事不關己的模樣。」說完，就帶著婢女離去。

蟾宮聞言大爲吃驚，定了定神，挑燈去照白秋練，只見她病中仍不減嬌媚，眼睛裡閃爍光芒。蟾宮問了她幾句話，她只是嫵媚地微笑，蟾宮堅持要她開口，她於是說：「『爲郎憔悴卻羞郎』，便是我所能向你訴說的。」蟾宮非常高興，想要親近白秋練又憐惜她的柔弱，探手進懷中與她接吻起來。不自覺間，白秋練也展顏歡笑，說：「你爲我朗誦三遍王建的『羅衣葉葉』這首詩，我的病就會痊癒。」蟾宮依言吟誦起來，念到第二遍，白秋練就披上衣衫，從床上坐起，說：「我的病好了！」蟾宮再朗誦一遍的時候，她也跟著一同吟誦。蟾宮更加陶醉，兩人熄燈上床就寢。天色尚未破曉，白秋練起身說：「家母就快到了。」不久老婦果然前來，看見女兒梳妝打扮整齊，面帶笑容，心中也很歡喜，就叫女兒回去，白秋練低頭不語。老婦說：「你若想留下和他一起，也隨便你了。」老婦說完自行離去。蟾宮問白秋練家住何處。她說：「我和你不過是萍水相逢，也沒訂下婚盟，又何必知曉我住在何處？」兩人相互傾慕，立誓互許終身。

一天夜裡，白秋練很早就起床點燈，翻書閱覽，忽然悲傷地流淚。蟾宮急忙問發生何事，白秋練說：「你父親快要回來了，他恐怕不答應我們的婚事。我剛才翻詩來占卜，一翻就翻到李益的〈江南曲〉，這首詩很不吉利。」蟾宮安慰她：「第一句『嫁得瞿塘賈』就說要嫁個商人，說的不就是我嗎？有何不祥！」白秋練聽了，才面露笑容，起身告辭道：「我先離開吧，等天亮後才出去，讓人瞧見多不好。」蟾宮悲傷地拉住她的手，問她如果父親答應這門婚事，要去哪裡尋她？白秋練說：「我會派人前來打聽，無論結果如何，我都會知道。」蟾宮要下船送她，白秋練堅持不肯，獨自走了。

不久，慕小寰回來，蟾宮稟告了他與白秋練互許終身之事，慕小寰以爲他和妓女廝混在一起，把他痛斥一番，仔細檢查船裡的存貨，沒發現少了東西，也就不再追究。一天晚上，慕小寰不在，白秋練忽然來了，兩人見面，互相憐惜，卻不知該如何是好。白秋練說：「婚事談成與否皆是命數，我可以設法讓你多留兩個月，以後再想辦法。」臨走前兩人約定，當蟾宮朗誦起詩歌，她便來相會。從此以後，只要遇到父親出門，蟾宮便大聲朗誦，一念詩，白秋練就會前來。船擱淺到四月底，貨物要是再不運出去，就要錯過高價賣出的時間點了。商人們都很心急，大家湊錢去湖神廟祭拜，希望水位上漲能夠開船。端午節後，下了幾天大雨，船終於能行駛了。

蟾宮回家後時常思念白秋練，不久生了場病。慕小寰很擔心，爲他祈福，也爲他尋大夫醫治。蟾宮偷偷對母親說：「我的病只要見到白秋練就會好了。」慕小寰得知此事，剛開始很生氣；後來見兒子愈病愈重，瘦得只剩下皮包骨，才開始害怕，僱了輛車把兒子送回湖北，又僱一艘船停在老地方。他們到附近打聽，無人知道姓白的人家住在哪裡，正巧老婦從湖邊划船經過，自稱她姓白。慕小寰到她船上，看見白秋練，心中暗暗歡喜；問她們家庭狀況，只說是撐船爲生，就將兒子生病的原因告訴她，希望白秋練能到他的船上，醫好他的疾病。老婦以兩家沒有婚約爲由拒絕，白秋練遮住半邊臉，專心聽長輩們談話；聽到他們談判破裂，忍不住哭了

白秋練
纖影憧〻檻外過
美人潛起聽吟哦
楚江〻水堪為命
王建羅衣不及他
白秋練

起來。老婦見到女兒淚流滿面，又見慕小寰苦苦哀求，也就勉爲其難地答應了。當夜，慕小寰離船後，白秋練果然來到船上；她看見蟾宮，趴在他的床邊痛哭起來，說：「以前我爲你染了相思病，怎麼現在竟輪到你了？其實也得讓你嘗嘗這種滋味！可是你病成這個樣子，一下子怎能醫得好呢？好吧，我先來給你朗誦一首詩！」蟾宮同意了，白秋練便念起那首她以前要蟾宮念的王建的詩。

蟾宮說：「這是你的心結，只能醫你的病，醫我用這首詩哪裡可行？不過，聽到你的聲音，我的精神就好很多了。請你幫我唸『楊柳千條盡向西』那首吧！」白秋練照他的話去做，蟾宮稱讚說：「舒服多了！我還記得你以前朗誦的詞裡有一支〈采蓮子〉，裡面有『菡萏香蓮十頃陂』這一句，老是念念不忘，請你再念一遍！」白秋練依著他念了一遍，蟾宮跳起來說：「我的病全好了！」他詢問起白秋練雙方家長都談了些什麼，婚事可有談成？白秋練早已看出蟾宮父親堅決反對，實言相告。白秋練走後，慕小寰回來看見兒子已能下床，很是高興，勸兒子說：「白秋練這個姑娘挺好的，但她從小就在船上長大，不論她出身貴賤，就連基本的禮儀規矩，恐怕也不太懂。」蟾宮聽了沒吭聲。慕小寰走後，白秋練又來了。蟾宮就把父親的意思向她說明，白秋練說：「我已經料到了！世界上的事情，你求得越急，就離你越遠；你越將就他，他就越拒絕你。只能讓他自己回心轉意，回過頭來求你，才有辦法。」蟾宮問她有什麼好主意。白秋練說：「只要是商人，無非想要賺錢。我有本事預知物價的漲跌，剛才看了船上貨物，都沒有什麼值錢的；你代我轉告令尊，販賣某些東西可以賺三成利，某些東西可以賺十成；如果回家後，我的話應驗了，他自然願意讓我做兒媳婦。明年來的時候，你十八歲，我十七歲，我們相守的日子還很長，你還有什麼可擔心的。」

蟾宮把白秋練的話轉告慕小寰，他聽了以後半信半疑，還是按照她說的去做。回家後，慕小寰買的貨賠了錢，按照白秋練所言買的貨反而賺了許多，盈虧正好相抵，於是他才相信白秋練能夠預知物價的漲跌。蟾宮又在父親面前大力稱讚她，慕小寰又多準備了一些本錢，再度南下。船在湖中行駛好幾天，不見姓白的婦人經過；又過了幾天，才看到她把船停在一棵柳樹下。慕小寰備妥聘禮去求親，老婦人沒收聘禮，只挑選黃道吉日把女兒送過來，慕小寰另外租了一艘船給兒子做爲婚房。白秋練列了一張賺錢的貨物清單給慕小寰，叫他再往南邊去收購，白婦就把女婿接了過去，住在自己船上。三個月後，慕小寰回來了，他所收購的貨物到了湖北，都以數倍的高價賣出。打算要北上回家時，白秋練要求裝一些湖水回去；回家後，每次吃飯都要加上一點，就像用醬油或醋一樣；從此每次到南方，一定要給她裝幾罈水回去。

三、四年後，白秋練生下一個兒子。有一天，她哭著說想回南方，慕小寰就帶著兒子和兒媳前往湖北，到了湖上，找不到白老婦的蹤影，白秋練敲著船舷喊娘親名字；臉色悲戚，催著蟾宮趕快沿湖邊打聽。剛好有個漁夫捕撈了一條大白鰭豚，蟾宮走近一看，是一條大魚，外型像人一樣，乳房和下體都長得很明顯。他覺得很驚異，將此事告知白秋練；白秋練聽後大驚失色，說她曾許過放生的心願，要蟾宮去把這條魚買來放生。蟾宮去和漁夫談價錢，那人出價很高，白秋練就對蟾宮說：「我在你家，替你們賺了不止一萬兩銀子吧，爲什麼花這一點錢就捨不得了？如果你不肯買來放生，我就投湖自盡！」蟾宮瞞著父親，偷錢買來放生。回來後，發現白秋練不在家，遍尋不著，等到天快亮時她才回來。蟾宮問她去哪兒了，白秋練答：「我去探望母親了。」蟾宮問她岳母在何處，她羞澀地說：「我知道此事瞞不住你了，實言相告，你今天放生的魚就是家母。她一向住在洞庭湖，被龍王派來管理船隻來往的事務；最近龍王宮中要選嬪妃，有些人向龍王進讒言說我長得貌美，龍王向家母提親，家母將我倆的事情稟告龍王，龍王不肯，就把家母趕到南岸邊上，想要活活餓死牠。家母餓得受不了才誤吞釣餌，被漁夫捕撈上岸，現在雖然保住一命，龍王仍未赦免她。你如果顧念夫妻情誼，請你代我去懇求真君，或可赦免家母的刑罰。你若嫌棄我是異類，那麼我把兒子留下，我獨自到龍宮去，在那裡我自有享不盡的榮華富貴。」

蟾宮聞言大驚，恐怕無法見到真君，白秋練說：「明日午時真君會來此，你看到有個跛腳的道士就趕緊跪拜相求，他去哪裡就都跟著，真君一向喜歡讀書人，一定會答應。」她接著拿出一條魚腹綾做的絲巾對他說：「如果真君問你求什麼，就拿這條絲巾請他寫一個『免』字。」蟾宮遵照白秋練的囑咐，等候真君駕臨。午時一到，果然有一個道士一瘸一拐地走來，蟾宮跑去朝他跪下，道士趕緊跑走，蟾宮便追了上去；道士把手杖往水裡一扔，一口氣跳了上去，蟾宮也跟著跳上手杖，上去一看，才發現手杖竟成了一艘船。他跪著苦苦哀求，道士便問他索求爲何，他拿出絲巾，請道士寫個字，道士打開一看說：「這是白鱀豚的魚鰭，你怎會有這東西？」蟾宮將事情原委說了一遍，道士聽完笑道：「這條魚倒也風雅，老龍王怎麼能仗勢欺人，奪人所愛！」就拿出筆，在絲巾上寫了個「免」字，就像畫了一道符咒。寫完後道士把船靠岸，要蟾宮下去。只見道士還是踏著手杖飄在水面上，一轉眼就失去蹤影。蟾宮把字帶回船上，白秋練一見，喜出望外，囑咐蟾宮莫將此事稟明父母。

夫妻倆回到北方又過了三年，有一次慕小寰南下，數月未歸，儲存的湖水已經用完，卻一直等不到慕小寰帶湖水回來。白秋練就病倒了，日夜不停喘氣，她吩咐蟾宮：「如果我死了，你不要把我的屍體下葬，每天要在清早、中午和傍晚這三個時候，朗誦一遍杜甫的〈夢李白〉，我的屍體就不會腐爛；等到湖水一來，你就倒在盆子裡，把門關上，把我的衣服脫下，把我抱到盆子裡浸泡，我就能復生。」說罷喘了幾天就斷氣了。

半個月後，慕小寰回來，蟾宮急忙按照白秋練說的去做。泡了一個時辰，白秋練逐漸甦醒，從此以後，她經常想回到南方。直到慕小寰過世了，蟾宮就按她的意思，把家遷往湖北。

王者

湖南巡撫某公，遣州佐[1]押解餉六十萬赴京。途中被雨，日暮愆程[2]，無所投宿，遠見古剎，因詣棲止。天明，視所解金，蕩然無存。眾駭怪，莫可取咎[3]。回白撫公，公以為妄，將置之法。及詰眾役，並無異詞。公責令仍反故處，緝察端緒。至廟前，見一瞽[4]者，形貌奇異，自榜云：「能知心事。」因求卜筮[5]。瞽曰：「是為失金者。」州佐曰：「然。」因訴前苦。瞽者便索肩輿，云：「但從我去，當自知。」遂如其言，官役皆從之。瞽曰：「東」。東之。瞽曰：「北。」北之。凡五日，入深山，忽睹城郭，居人輻輳[6]。入城，走移時，瞽曰：「止。」因下輿，以手南指：「見有高門西向，可款關自問之。」拱手自去。

州佐如其教，果見高門，漸入之。一人出，衣冠漢制[7]，不言姓名。州佐述所自來，其人云：「請留數日，當與君謁當事者。」遂導去，令獨居一所，給以食飲。暇時閒步，至第後，見一園亭，入涉之。老松翳[8]日，細草如氈。數轉廊榭，又一高亭，歷階而入，見壁上挂人皮數張，五官俱備，腥氣流熏。不覺毛骨森豎，疾退歸舍。自分留鞹[9]異域，已無生望，因念進退一死，亦姑聽之。明日，衣冠者召之去，曰：「今日可見矣。」州佐唯唯。衣冠者乘怒馬甚駛，州佐步馳從之。俄，至一轅門[10]，儼如制府[11]衙署，皂衣人[12]羅列左右，規模凜肅。

衣冠者下馬，導入。又一重門，見有王者，珠冠繡紱[13]，南面坐。州佐趨上，伏謁。王者

問：「汝湖南解官耶？」州佐諾。王者曰：「銀俱在此。是區區者，汝撫軍即慨然見贈，未為不可。」州佐泣訴：「限期已滿，歸必就刑，稟白何所申證？」王者曰：「此即不難。」遂付以巨函云：「以此復之，可保無恙。」又遣力士送之。州佐懾息[14]，不敢辨，受函而返。山川道路，悉非來時所經。既出山，送者乃去。數日，抵長沙[15]，敬白撫公。公益妄之，怒不容辨，命左右者飛索以縶[16]。州佐解襆[17]出函，公折視未竟，面如灰土。命釋其縛，但云：「銀亦細事，汝姑出。」於是急檄[18]屬官，設法補解訖。數日，公疾，尋卒。

先是，公與愛姬共寢，既醒，而姬髮盡失。闔署驚怪，莫測其由。蓋函中即其髮也。外有書云：「汝自起家守令[19]，位極人臣。賕賂[20]貪婪，不可悉數。前銀六十萬，業已驗收在庫。當自發貪囊，補充舊額。◆解官無罪，不得加譴責。前取姬髮，略示微警。如復不遵教令，旦晚取汝首領。姬髮附還，以作明信[21]。」公卒後，家人始傳其書。後屬員遣人尋其處，則皆重岩絕壑，更無徑路矣。

異史氏曰：「紅線金合[22]，以儆貪婪，良亦快異。然桃源仙人[23]，不事劫掠；即劍客所集。烏得有城郭衙署哉？嗚呼！是何神歟？苟得其地，恐天下之赴愬[24]者無已時矣。」

◆但明倫評點：究竟屬官補解，未曾解囊，此公雖死，終是便宜。

被盜取的銀兩終究是巡撫的下屬官員幫忙補足數額，他未曾從自己的囊袋中拿出錢來補足缺銀。這位大人雖然死了，也還算是便宜他了。

1州佐：古代官名，州郡的輔佐官。如州同、州判一類的官員。

2愆程：延誤行程。愆，讀作「鉛」，延誤、耽擱。

3取咎：怪罪。

4瞽：讀作「古」，盲眼，眼睛看不見。

5卜筮：以蓍草和龜甲占卜吉凶。筮，讀作「士」。

6輻輳：車輪的輻條集聚於軸心之處，後用以比喻人群密集。輳，讀作「湊」。

7衣冠漢制：相對於滿清服飾而言的漢人式樣服裝。借指古人的衣著。

8翳：讀作「異」，遮蔽。

9鞹：讀作「擴」，去毛的皮革。

10轅門：原指古代君王出外巡察，在險要之地駐駕，侍衛為了保護君王，將兩輛車翻仰，讓兩車之轅（車前方套駕牲畜的兩根直木）相向交接，形成一個半圓形的門。後指將帥的營門或督、撫衙署的外門。

11制府：指總督府。明清兩代，總督又稱為制軍或制臺。

12皂衣人：古代衙門中的胥吏和差役。胥吏負責官府的文書工作，差役則執行各種雜務。皂衣，黑色衣服；古代衙役多穿黑衣。

13繡紱：古代禮服上的刺繡圖案。紱，同「黼」，讀作「符」，古代衣裳前面遮蔽膝蓋的地方。

14慴息：屏息恐懼得不敢喘氣。慴，讀作「折」。

15長沙：古代府名。今湖南省長沙市。

16飛索以䌚：丟出繩索將人套住。䌚，讀作「沓」，用繩子將人套住。

17解襆：解下行囊。襆，讀作「樸」，以布巾包裹，指行囊、包袱。

18檄：讀作「席」，官府發布的公文。此作動詞用，指下達命令。

19守令：指太守、縣令。

20賕賂：讀作「求路」，即賄賂。

21明信：確切的證據。

22紅線金合：典出唐袁郊所撰《甘澤謠．紅線》。唐代潞州節度使薛嵩，害怕魏博節度使田承嗣要吞併他的領地，薛嵩的婢女紅線就趁夜潛入田府，偷走田承嗣藏在枕邊的金盒，以此嚇阻田承嗣侵犯潞州的野心。

23桃源仙人：指晉代陶淵明所撰《桃花源記》中，避居隱於桃源的人。

24愬：讀作「訴」，控訴、控告。

白話翻譯

湖南某位巡撫大人，派遣州佐押解六十萬兩餉銀趕赴京城。途中遇到大雨，天色已晚，延誤了行程，找不到投宿的地方，遙望有一座古寺，便去那裡休息。天亮後，查看押解的銀兩，已經不翼而飛。眾人感到驚詫，卻找不到可以怪罪的人，只好回去稟報巡撫。巡撫認爲這是州佐編出來的謊言，要按律法論處，等到詢問那些差役，他們的說法卻都一致，巡撫於是責令州佐回到丟失銀子之處，搜查看看有無線索。州佐來到廟前，看到一個盲人，長相很奇特，那人自言：「我能看穿別人心中的想法。」州佐就請他算一卦。盲人說：「你來是爲了丟失銀子的事吧！」州佐回答：「是。」就把經過告訴他。盲人要求乘坐轎子，說：「只要跟我走，自有分曉。」州佐照他說的去做，其餘衙役都尾隨在後。盲人說：「往東。」他們就往東走，盲人說：「向北。」他們就向北走。五天後，一行人進入深山，忽然看見一座城鎮，裡面有很多居民。進了城，走了不久，盲人說：「停下。」便下了轎子，手朝南方一指：「看見有一座向西的高樓，可敲門詢問。」說完，拱手就離開了。

州佐按他說的去做，果然看見一座豪宅，緩步走入，一個人從裡面走出來，穿著打扮是漢人的服制，也不自報姓名。州佐說明來意，那人說：「請停留數日，我帶你去見當事人。」說完領著州佐進去，讓他獨住一間，供給飲食。州佐閒暇時四處散步，來到宅院後方，看見一座庭園，走了進去。庭園裡老樹遮天，小草柔細像毛毯，繞過幾道迴廊和樓台，又見一座高大的涼亭，走上臺階而入，只見牆壁上掛著幾張人皮，五官俱全，血腥味還很濃，州佐不禁毛骨悚然，急忙離開庭園，回到住處。他心想，自己留在他鄉異域，恐怕難以生還，但又轉念一想，反正是進是退橫豎都是一死，也就隨他去了。第二天，穿戴漢服的人召他前去，說：「今天可以見面了。」州佐唯唯諾諾。穿漢服的人騎馬急奔，州佐跑步跟在後面。不久，來到一座衙門外，看上去像是總督衙門，衙役列站兩側，氣氛顯得莊嚴肅穆。

穿漢服的人下馬，領州佐進去，又穿過一道門，見到一位王者，頭戴珠冠，身穿繡袍，坐在王位上。州佐急忙上前，跪地叩拜。王者問：「你就是湖南的押銀官嗎？」州佐答是，王者說：「銀子都在這裡，不過區區一些銀子，就算你們巡撫慷慨贈送，也未必不可。」州佐哭訴道：「巡撫給我的寬限之期已滿，回去肯定少不了刑罰加身，我向他稟告時，拿什麼證明我所言爲眞呢？」王者說：「這倒是不難。」交給他一個大信函，說：「你拿這個回去覆命，可保你平安無事。」又派了一個壯士送他。州佐懼怕得不敢喘氣，也不敢辯駁，接過信函就回去了。山川道路，都不同於來時的路，出了山後，送他的人就回去了。幾天後，州佐回到長沙，恭敬地向巡撫覆命。巡撫更加認定他在說謊，十分憤怒，不容他爭辯，命令左右將他綁起來。州佐趕忙解下行囊，取出信函交給巡撫，巡撫拆開來還沒看完，面如死灰，命人替他鬆綁，只說：「銀子也只是小事，你先出去吧。」接著急忙命令下屬官員，讓他們設法補齊丟失的銀

王者

懲警貪犬聊幻化衣
寇城郭迴非凡飾鎧銷
息何須向一縷青絲珊巨函

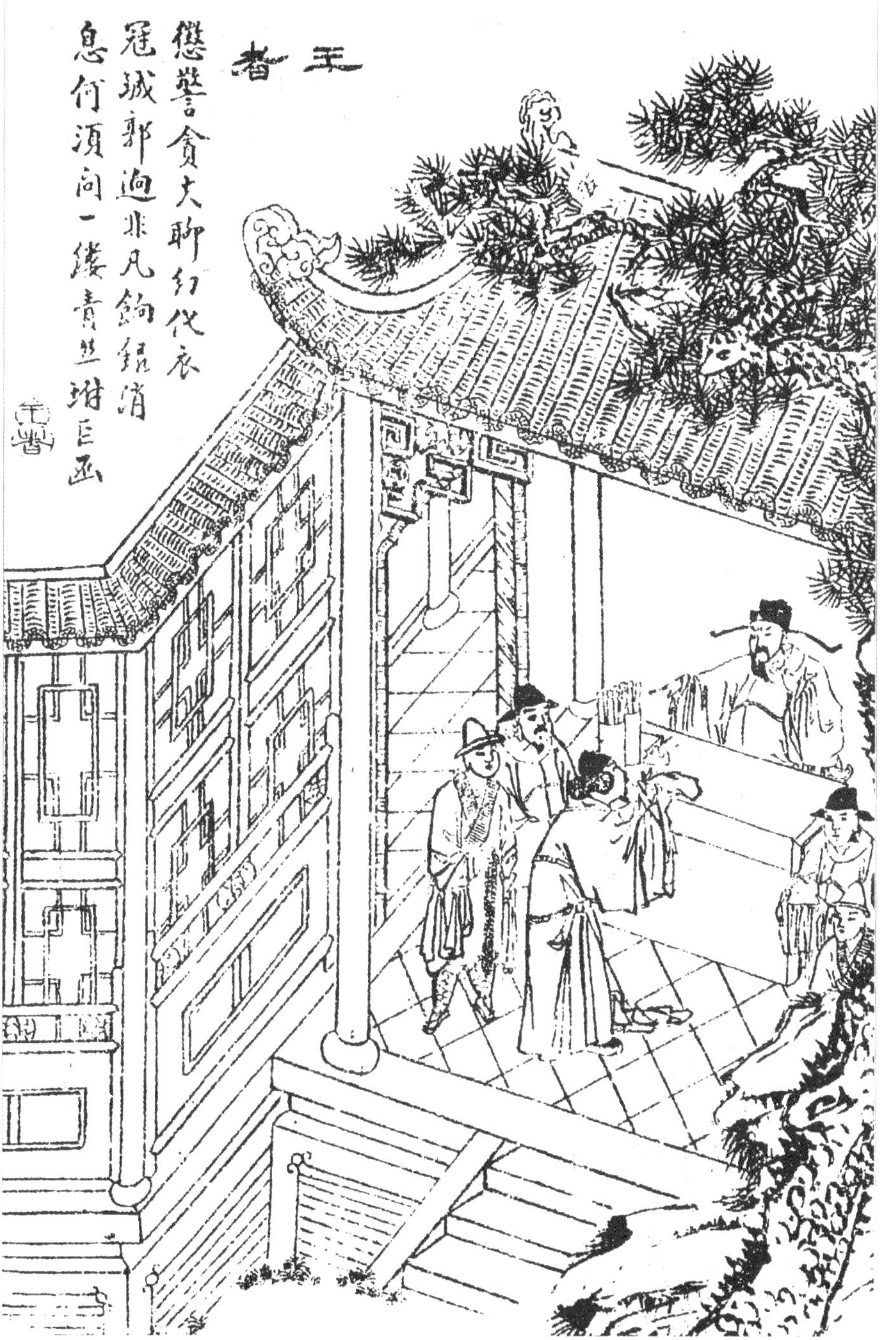

兩。數日後，巡撫染病，不久後就死了。

先前，巡撫與他的愛妾同眠共枕，醒來後，發現愛妾的頭髮都不見了。整府署都感到驚訝怪異，猜不出爲何會如此。那封信函裡裝的就是愛妾的頭髮，另外還寫道：「自從你當了巡撫，權力地位居於百官之上，卻貪汙收賄，所犯罪孽罄竹難書。先前的六十萬兩銀子，已經驗收完畢，存在庫房裡。你應該從自己貪贓得來的錢財裡，拿錢出來，補足舊額，解銀官沒有罪過，不可以責罰他。日前割取你愛妾的頭髮，只是小懲大戒。如果你還不遵從我的教誨命令，早晚會取你首級。愛妾的頭髮附在信裡歸還，當作是證據。」巡撫死後，家人才將這封信傳了出來。後來，巡撫的下屬派人去尋找那個地方，只見都是懸崖峭壁，根本沒有路可走。

記下奇聞異事的作者如是說：「紅線盜取金盒，是爲了向貪婪的田承嗣發出警告，如今這位王者也比照紅線的作法，對貪汙收賄的巡撫發出警訊，實在是大快人心啊！隱居桃源中的仙人，是不會去打家劫舍的，即使是盜賊聚集之處，又怎會有城廓衙門呢？哎！他究竟是何方神聖？如果眞能找到這個地方，恐怕前去告狀的人將會絡繹不絕了。」

某甲

某甲私其僕婦，因殺僕納婦，生二子一女。閱[1]十九年，巨寇破城，劫掠一空。一少年賊，持刀入甲家。甲視之，酷類死僕。自歎曰：「吾今休矣！」傾囊贖命。迄不顧，亦不一言，但搜人而殺，共殺一家二十七口而去。◆甲頭未斷，寇去少甦，猶能言之。三日尋斃。嗚呼！果報[2]不爽，可畏也哉！

1 閱：歷經。

2 果報：佛家語，指前世今生的因果報應。

白話翻譯

某甲與家僕的妻子私通，因而殺了僕人娶他的妻子，生下兩個兒子一個女兒。歷經十九年後，有一夥強盜攻破縣城，把百姓財物洗劫一空。一名少年盜賊拿刀闖進某甲家裡，某甲一看，長得竟與被他殺死的家僕十足相像，便嘆道：「我今天必死無疑了！」他把全部家產拿出來，想請盜賊饒他一命，那盜賊始終不屑一顧，也不說一句話，只顧尋人便殺，一共殺了男女二十七人才離

◆**但明倫評點：**殺僕納婦而生子女，則殺甲一人不足以蔽辜也，仍以僕殺其全家，所遲者十九年耳。

某甲殺死僕人，霸占他的妻子而生子女，這罪行不是只有某甲一人就能犯下的，所以這名僕人殺他全家以償其罪，報應遲了十九年而已。

去。某甲的頭沒被砍斷，賊寇離去後不久就醒了，還能說話，然而三日後也死了。唉！因果業報眞是分毫不差，那些做壞事的人應當心存戒懼了。

衢州三怪

張握仲從戎衢州[1]，言：「衢州夜靜時，人莫敢獨行。鐘樓上有鬼，頭上一角，象貌獰惡，聞人行聲即下。人駭而奔，鬼亦遂去。然見之輒病，且多死者。又城中一塘，夜出白布一疋[2]，如匹練[3]橫地。過者拾之，即卷入水。又有鴨鬼，夜既靜，塘邊並寂無一物，若聞鴨聲，人即病。」

1 衢州：古代府名。今浙江省衢州市。衢，讀作「渠」。

2 疋：通「匹」，計算紡織品的單位。疋，讀作「皮」的三聲。

3 匹練：一匹白絹，白絹展開時形似瀑布，故以此比喻。

白話翻譯

張握仲曾在浙江衢州從軍，他說：「衢州每逢夜深人靜時，無人敢單獨外出。鐘樓上有鬼，頭上長一隻角，容貌猙獰醜陋，聽到人的腳步聲，就馬上跳下來。人驚駭狂奔，鬼也尾隨追去，然而人只要一見鬼都會染病，大部分還都死了。城裡又有一個池塘，夜晚會浮現出一匹白絹，像瀑布一般陳放在地，經過的路人若伸手去撿，就會被捲入水中。又有一種鴨鬼，一入夜，池塘邊寂靜無物，如果有人聽到鴨叫，馬上就會染病。」

衢州三怪
曾聞三怪出衢州惹淂行
人戒夜游樓上鬼頭塘下
布鴨觳喝唧使人愁

拆樓人

何冏卿[1]，平陰[2]人。初令秦中[3]，一賣油者有薄罪，其言戇[4]，何怒，杖殺之。後仕至銓司[5]，家貲富饒。建一樓，上梁日，親賓稱觴[6]為賀。忽見賣油者入，陰自駭疑。俄報妾生子，愀然曰：「樓工未成，拆樓人已至矣！」人謂其戲，而不知其實有所見也。後子既長，最頑，蕩其家。◆傭為人役，每得錢數文，輒買香油食之。

異史氏曰：「常見富貴家數第連亙，死後，再過已墟。此必有拆樓人降生其家也。身居人上，烏可不早自惕哉！」

1 何冏卿：即何海晏，字治象，號敬庵，明代嘉靖年間進士，授四川省順慶府（今南充市）推官，累官吏部文選司郎中，遷太僕寺少卿。冏卿，即太僕寺卿。冏，讀作「窘」，明亮之意。
2 平陰：今山東省平陰縣。
3 秦中：今陝西省境內。
4 戇：讀作「撞」，形容性情魯莽，說話不懂得拐彎抹角。
5 銓司：指吏部文選清吏司，主管選拔任命文職官員的機關。
6 稱觴：舉杯敬酒。觴，酒杯、酒器。

◆**馮鎮巒評點：**敗其家，未索其命，猶薄償也，逞刑者知之。

把何冏卿的家產敗光，沒取他的性命，已經算是很輕的懲罰了，濫用刑罰的人應當心中有數。

白話翻譯

何冏卿，河南省平陰縣人。他在河南省秦縣當縣令時，有位賣油郎犯了輕罪，由於他性情剛直，直言不諱，何冏卿大怒，命人將他杖斃。後來何冏卿升任銓司，家中積蓄漸多，十分富有，後來蓋了一棟樓，安放大梁的當天，親朋好友都前來道賀。突然間，他看見賣油郎走進來，感到既驚訝又疑惑。不久，家人稟報說小妾生了個兒子，何冏卿憂愁地說：「樓還沒建好，拆樓的人已經到了。」眾賓客都以爲他是說笑，卻沒想何冏卿能夠未卜先知。等到兒子長大，果眞性情頑劣，傾家蕩產，最後淪落到替人幫傭，每次領到工錢，都會去買香油來吃。

記下奇聞異事的作者如是說：「常見到富貴人家的樓房連綿不絕，等他們死後，再經過時已成一片廢墟。這一定是拆樓人投胎到他們家了。那些當官的，怎麼可以不引以爲戒呢！」

拆樓人
一言排
苦宰官
身聽童
與須發怒嗔
請看同卿旋里
日賣油人是拆
樓人

大蝎

明彭將軍宏，征寇入蜀。至深山中，有大禪院，云已百年無僧。詢之土人[1]，則曰：「寺中有妖，入者輒死。」彭恐伏寇，率兵斬茅而入。前殿中，有皂雕[2]奪門飛去；中殿無異；又進之，則佛閣，周視亦無所見，但入者皆頭痛不能禁。彭親入亦然。少頃，有大蝎如琵琶，自板上蠢蠢而下，一軍驚走，彭遂火其寺。

1土人：土著，當地居民。

2皂雕：黑色的鵰，形似老鷹，但體型較大。

白話翻譯

明朝時有位將軍叫彭宏，率兵征討流寇，因而進入四川。軍隊進到深山，看見一座大禪院，當地皆說已有一百多年沒有僧人在此居住，再問居民，則說：「寺裡面有妖怪，進入者必死。」彭宏擔心有流寇窩藏其中，便率兵劈開茅草進入。前殿裡，有一隻黑鵰奪門飛出；中殿沒有異樣；再進去則是佛閣，察看四周也沒看到什麼怪異景象，但進去的士兵都覺得頭痛難忍，彭宏親自進去也是一樣。不久，突然有一隻如琵琶般大小的巨大蠍子，從天花板上慢慢爬下來，眾軍驚駭奔走，彭宏於是放火燒了寺院。

陳雲棲

真毓生，楚夷陵[1]人，孝廉之子。能文，美丰姿，弱冠知名。兒時，相者曰：「後當娶女道士為妻。」父母共以為笑。而為之論婚，低昂苦不能就。生母臧夫人，祖居黃岡[2]，生以故詣外祖母。聞時人語曰：「『黃州[3]四雲』，少者無倫。」蓋郡有呂祖[4]庵，庵中女道士皆美，故云。庵去臧氏村僅十餘里，生因竊往。扣其關，果有女冠[5]三四人，謙喜承迎，儀度皆潔。中一最少者，曠世真無其儔，心好而目注之。女以手支頤，但他顧。諸道士覓盞烹茶。生乘間問姓字。答云：「雲棲，姓陳。」生戲曰：「奇矣！小生適姓潘[6]。」陳赬顏[7]發頰，低頭不語，起而去。

少間，瀹茗，進佳果。各道姓字：一，白雲深，年三十許；一，盛雲眠，二十以來；一，梁雲棟，約二十有四五，卻為弟[8]。而雲棲不至。生殊悵惘，因問之。白曰：「此婢懼生人。」生乃起別，白力挽之，不留而出。白曰：「而欲見雲棲，明日可復來。」生歸，思戀綦[9]切。次日，又詣之。諸道士俱在，獨少雲棲，未便遽問。諸女冠治具留餐，生力辭，不聽。白拆餅授箸，勸進良殷。既問：「雲棲何在？」答云：「自至。」

久之，日勢已晚，生欲歸。白捉腕留之，曰：「姑止此，我捉婢子來奉見。」生乃止。俄，挑燈具酒，雲眠亦去。酒數行，生辭已醉。白曰：「飲三觥，則雲棲出矣。」生果飲如數。梁亦以此挾勸之，生又盡之，覆琖[10]告辭。白顧梁曰：「吾等面薄，不能勸飲，汝往曳陳婢來，便道潘

郎待妙常[11]已久。」梁去，少時而返，具言：「雲棲不至。」生欲去，而夜已深，乃佯醉仰臥。兩人代裸之，迭就淫焉。終夜不堪其擾。天既明，不睡而別，數日不敢復往，而心念雲棲不忘也，但不時於近側探偵之。

一日，既暮，白出門，與少年去。生喜，不甚畏梁，急往款關[12]。雲眠出應門，問之，則梁亦他適。因問雲棲。盛導去，又入一院，呼曰：「雲棲！客至矣。」但見室門闃然[13]而合。盛笑曰：「閉扉矣。」生立窗外，似將有言，盛乃去。雲棲隔窗曰：「人皆以妾為餌，釣君也。頻來，則身命殆矣。妾不能終守清規，亦不敢遂乖[14]廉恥，欲得如潘郎者事之耳。」生乃以白頭[15]相約。雲棲曰：「妾師撫養，即亦非易。果相見愛，當以二十金贖妾身。妾候君三年。如望為桑中之約[16]，所不能也。」生諾之。方欲自陳，而盛復至，從與俱出，遂別而歸。中心悒悵[17]，思欲委曲夤緣[18]，再一親其嬌範[19]，適有家人報父病，遂星夜而還。

無何，孝廉卒。夫人庭訓最嚴，心事不敢使知，但刻減金貲[20]，日積之。有議婚者，輒以服闋[21]為辭。母不聽。生婉告曰：「曩在黃岡，外祖母欲以婚陳氏，誠心所願。今遭大故，音耗遂梗，久不如黃省問：旦夕一往，如不果諧，從母所命。」夫人許之。乃攜所積而去。至黃，詣庵中，則院宇荒涼，大異疇昔。漸入之，惟一老尼炊灶下，因就問。尼曰：「前年老道士死，『四雲』星散[22]矣。」◆問：「何之？」曰：「雲深、雲棟，從惡少遯去[23]；向聞雲棲寓居郡北；雲眠消息不知也。」生聞之悲歎。命駕即詣郡北，遇觀輒詢，並少蹤跡。悵恨而歸，偽告母

◆**但明倫評點**：四雲星散，一大頓挫，仍是藕斷絲連。

四雲各自離散，雖然遭遇困頓挫折，雲棲與真毓生仍是藕斷絲連啊。

曰：「舅言：陳翁如岳州[24]，待其歸，當遣伻[25]來。」逾半年，夫人歸寧，以事問母，母殊茫然。夫人怒子誑；媪疑甥與舅謀，而未以聞也。幸舅遠出，莫從稽其妄。

夫人以香願[26]登蓮峰[27]，齋宿山下。既臥，逆旅主人扣扉，送一女道士，寄宿同舍，自言：「陳雲棲。」聞夫人家夷陵，移坐就榻，告訴坎坷，詞旨悲惻。末言：「有表兄潘生，與夫人同籍，煩囑子姪輩一傳口語，但道其暫寄棲鶴觀師叔王道成所，朝夕厄苦，度日如歲。令早一臨存；恐過此以往，未之或知也。」夫人審潘名字，即又不知。但云：「既在學宮，秀才輩想無不聞也。」未明早別，殷殷再囑。夫人既歸，向生言及。生長跪曰：「實告母：所謂潘生，即兒也。」夫人既知其故，怒曰：「不肖兒！宣淫寺觀，以道士為婦，何顏見親賓乎！」生垂頭，不敢出詞。會生以赴試入郡，竊命舟訪王道成。至，則雲棲半月前出游不返。既歸，悒悒而病。

適臧媪卒，夫人往奔喪，殯後迷途，至京氏家，問之，則族妹也。相便邀入。見有少女在堂，年可十八九，姿容曼妙，目所未睹。夫人每思得一佳婦，俾子不懟[28]，心動，因詰生平。妹云：「此王氏女也，京氏甥也。怙恃[29]俱失，暫寄此耳。」問：「婿家誰？」曰：「無之。」把手與語，意致嬌婉，母大悅，為之過宿，私以己意告妹。妹曰：「良佳。但其人高自位置[30]：不然，胡蹉跎至今也。容商之。」夫人招與同榻，談笑甚歡；自願母夫人[31]。夫人悅，請同歸荊州[32]；女益喜。次日，同舟而還。既至，則生疾未起，母欲慰其沉痾，使婢陰告曰：「夫人為公子載麗人至矣。」生未信，伏窗窺之，較雲棲尤豔絕也。因念：三年之約已過，出游不返，則玉容[33]必已有主。得此佳麗，心懷頗慰。於是輾然[34]動色，病亦尋瘳[35]。母乃招兩人相拜見。生出，夫人謂女：

「亦知我同歸之意乎？」女微笑曰：「妾已知之。但妾所以同歸之初志，母不知也。妾少字夷陵潘氏，音耗闊絕，必已另有良匹。果爾，則為母也婦；不爾，則終為母也女，報母有日也。」

夫人曰：「既有成約，即亦不強。但前在五祖山時，有女冠問潘氏，今又潘氏，固知夷陵世族無此姓也。」女驚曰：「臥蓮峰下者母耶？詢潘者，即我是也。」母始恍然悟，笑曰：「若然，則潘生固在此矣。」女問：「何在？」夫人命婢導去問生，生驚曰：「卿雲棲耶？」女問：「何如？」生言其情，始知以潘郎為戲。女知為生，羞與終談，急返告母。母問其：「何復姓王？」答云：「妾本姓王。道師見愛，遂以為女，從其姓耳。」夫人亦喜，涓吉[36]為之成禮。

先是，女與雲眠俱依王道成。道成居隘，雲眠遂去之漢口[37]。女嬌癡[38]不能作苦，又羞出操道士業，道成頗不善之。會舅京氏如黃岡，女遇之流涕，因與俱去，俾改女子裝，將論婚士族，故諱其曾隸道士籍。而問名者，女輒不願，舅及妗[39]皆不知其意向，心厭嫌之。是日，從夫人歸，得所託，如釋重負焉。合巹[40]後，各述所遭，喜極而泣。女孝謹，夫人雅憐愛之；而彈琴好弈，不知理家人生業，夫人頗以為憂。積月餘，母遣兩人如京氏，留數日而歸，泛舟江流，欸[41]一舟過，中一女冠，近之，則雲眠也。雲眠獨與女善。女喜，招與同舟，相對酸辛。問：「將何之？」盛云：「久切懸念。遠至棲鶴觀。則聞依京舅矣。故將詣黃岡，一奉探耳。竟不知意中人已得相聚。今視之如仙，剩此漂泊人，不知何時已矣！」因而欷歔。女設一謀：令易道裝，偽作姊，攜伴夫人，徐擇佳耦。盛從之。既歸，女先白夫人，盛乃入。舉止大家[42]；談笑間，練達世故。母既寡，苦寂，得盛良懽[43]，惟恐其去。盛早起，代母劬勞[44]，不自作客。母益喜，陰思納女姊，以掩女冠之名，而未敢言也。

一日，忘某事未作，急問之，則盛代備已久。因謂女曰：「畫中人[45]不能作家[46]，亦復何為。新婦若大姊者，吾不憂也。」不知女存心久，但懼母嗔。聞母言，笑對曰：「母既愛之，新婦欲效英、皇[47]，何如？」母不言，亦輾然笑。女退，告生曰：「老母首肯矣。」乃另潔一室，告盛曰：「昔在觀中共枕時，姊言：『但得一能知親愛之人，我兩人當共事之。』猶憶之否？」盛不覺雙眥熒熒[48]，曰：「妾所謂親愛者，非他。如日日經營，曾無一人知其甘苦；數日來，略有微勞，即煩老母卹念，則中心冷暖頓殊矣。若不下逐客令[49]，俾得長伴老母，於願斯足，亦不望前言之踐也。」

女告母。母令姊妹焚香，各矢無悔詞，乃使生與行夫婦禮。將寢，告生曰：「妾乃二十三歲老處女也。」生猶未信。既而落紅殷褥，始奇之。盛曰：「妾所以樂得良人者，非不能甘岑寂也；誠以閨閣之身，腆然酬應如勾欄[50]，所不堪耳。借此一度，挂名君籍[51]，當為君奉事老母，作內紀綱[52]，若房闈之樂，請別與人探之。」三日後，襆被從母，遣之不去。女早詣母所，占其床寢，不得已，乃從生去。由是三兩日輒一更代，習為常。夫人故善弈，自寡居，不暇為之。自得盛，經理井井[53]，晝日無事，輒與女弈。挑燈瀹茗[54]，聽兩婦彈琴，夜分始散。每與人曰：「兒父在時，亦未能有此樂也。」盛司出納，每記籍報母。母疑曰：「兒輩常言幼孤，作字彈棋[55]，誰教之？」女笑以實告。母亦笑曰：「我初不欲為兒娶一道士，今竟得兩矣。」忽憶童時所卜，始信定數不可逃也。

生再試不第。夫人曰：「吾家雖不豐，薄田三百畝，幸得雲眠紀理，日益溫飽。兒但在膝下，率兩婦與老身共樂，不願汝求富貴也。」生從之。後雲眠生男女各一；雲棲女一男三。母八十餘歲而終。孫皆入泮。長孫，雲眠所出，已中鄉選56矣。

1夷陵：古代縣名，今湖北省宜昌市。
2黃岡：縣名，今湖北省黃岡市黃州區。
3黃州：府名，湖北省黃岡市。
4呂祖：即呂洞賓。名巖，字洞賓，自號純陽子。唐京兆府（今陝西省長安縣）人。相傳修道成仙，為八仙之一，人稱「呂祖」，也稱為「呂純陽」。
5女冠：女道士。
6小生適姓潘：《古今女史》中，記述宋朝女貞觀尼姑陳妙常與潘法成相戀，後來結為夫婦的故事。雲棲姓陳，真毓生故自稱姓潘，暗用這個典故挑逗陳雲棲。
7赬顏：臉色漲紅，害羞的樣子。赬，讀作「稱」，淡紅色。
8弟：師弟。同輩出家人互稱師兄、師弟。以入門先後定長幼順序。
9綦：讀作「其」，極、甚之意。
10覆琖：把酒杯覆置桌上，表示不再飲。琖，讀作「展」，玉製的酒杯。
11潘郎待妙常：潘郎，指潘法成，此指真毓生。妙常，即陳妙常，此處借指陳雲棲。
12款關：叩門通報求見。
13閛然：「砰」的一聲。閛，讀作「烹」，擬聲詞，形容門關上的聲音。
14乖：違背。
15白頭：白頭偕老，意即結為夫妻。
16桑中之約：指男女幽會，出自《詩經．鄘風．桑中》：「期我乎桑中，要我乎上宮。」後世，以「桑中」借代為男女幽會之所。
17怊悵：惆悵迷惘的樣子。怊，讀作「超」。
18夤緣：攀附權貴，謀求官職。夤，讀作「銀」，攀附。
19嫿範：美好的容貌。
20刻減金貲：節省開銷用度。刻減，儉省節約。
21服闋：三年守喪期滿除去喪服。闋，讀作「卻」。
22星散：四處分散。
23遯去：逃逸、逃跑。遯，讀作「遁」，逃。
24岳州：府名，今湖南省岳陽市。
25伻：讀作「崩」，使者。
26香願：進香還願。
27蓮峰：即下文提到的五祖山。位於今湖北省黃梅縣（清代屬黃州府）。
28懟：心懷怨恨。
29怙恃：讀作「護士」，父母的代稱。語出《詩經．小雅．蓼莪》：「無父何怙，無母何恃。」
30高自位置：自視甚高。
31母夫人：認夫人為母。

32 荊州：府名，今湖北省荊州市。
33 玉容：美麗的容貌，借指美女。
34 輾然：微笑貌。輾，讀作「產」。
35 瘳：讀作「抽」，痊癒。
36 涓吉：選擇黃道吉日。
37 漢口：今湖北省武漢市。
38 嬌癡：性情不夠老練圓滑，無法融入社會。
39 妗：讀作「晉」，舅媽的尊稱。
40 合巹：指成婚。古時，成親的夫婦要對飲合巹酒。巹，讀作「錦」。
41 欻：讀作「忽」，忽然之意。
42 舉止大家：行為舉止有大戶人家的氣度。大家，世家大族。
43 懽：同今「歡」字，是歡的異體字。
44 劬勞：辛勤勞動。劬，讀作「渠」，辛苦、辛勞。
45 畫中人：形容美女，此指陳雲棲。
46 作家：料理家務。
47 英、皇：此指效法娥皇、女英，姊妹共侍一夫。娥皇、女英，相傳為堯的女兒，兩姊妹同嫁於舜。及到舜為天子，娥皇為后，女英為妃。
48 雙眥熒熒：兩眼含淚貌。熒熒（讀作「螢」），光影微弱閃動的樣子。眥，讀作「自」。
49 逐客令：驅逐列國客卿的命令。據《史記．秦始皇本紀》記載，秦始皇十年，下令驅逐列國入秦的遊說之士，李斯上書諫阻，逐客令乃止。後世引申為主人驅趕賓客的命令。
50 勾欄：妓院，此指妓女。
51 挂名君籍：名義上是你的妻子。挂，是掛的異體字。
52 內紀綱：在家中操持各種事務的婦女。
53 經理井井：經營得井井有條。
54 瀹茗：燒水泡茶。瀹，讀作「越」，烹煮。
55 彈棋：漢魏時的一種賭博遊戲。據徐廣《彈棋經》記載：「彈棋二人對局，黑白各六子，先列棋相當，下呼上擊之。」這種博奕遊戲到了宋代已失傳。此處指彈琴、下棋。
56 中鄉選：鄉試考中舉人。

白話翻譯

眞毓生是湖北宜昌人，舉人之子。他長得風流倜儻，俊逸不凡，更能下筆成文，二十歲時頗有名聲。年幼時，算命先生說：「長大後會娶女道士爲妻。」父母都以爲這是玩笑話，等他長大了卻總是無法談成親事。眞毓生的母親臧夫人，祖籍在黃岡，眞毓生有事到外祖母家。聽當地人說：「黃州有所謂的『四雲』，其中最年輕的那個，容貌絕世無雙。」先前，在黃州有一座呂祖庵，庵中女道士都很貌美，所以有這種傳聞。呂祖庵離臧家村只有十幾里，眞毓生就偷偷前往一觀。他敲響庵門，果然有四個女道士前來開門，儀容整齊且文雅，其中最年輕的女道士，果眞豔麗絕倫，眞毓生喜不自勝，情不自禁直盯著她看。那女子用手托著下巴，眼神望向他處，女道士們拿出茶具煮茶給眞毓生喝，眞毓生趁機問她姓名，她答：「我姓陳，名喚雲棲。」眞毓生出言挑逗：「小生正好姓潘。」陳雲棲紅著臉，低頭不語，起身走了。

不久，女道士們回來了，奉上茶水和果子。各自介紹自己：一個叫白雲深，三十多歲；一個叫盛雲眠，二十出頭；一個叫梁雲棟，大概二十四、五歲，卻自稱是師弟。陳雲棲卻不見人影，眞毓生很失望，問她爲何沒來。白雲深說：「這個丫頭怕見陌生人。」眞毓生就起身告辭，白雲深盡力挽留他，他仍堅持要走。白雲深說：「你如果想見雲棲的話，明天可以再來。」眞毓生回到外祖母家，對雲棲念念不忘。第二天，他又來到呂祖庵，其他女道士都在，唯獨不見雲棲。眞毓生不好意思開口詢問，女道士們準備好酒菜留眞毓生吃飯，他盡力推辭，最後盛情難卻只好留下。白雲深替眞毓生撕餅遞筷子，殷勤地招呼他吃飯。吃完後，眞毓生問：「雲棲在何處？」白雲深答：「她一會兒就來。」

過了很久，天色已經很晚了，眞毓生想要回去。白雲深捉住他的手腕說：「你先在此稍候，我去帶她來見你。」眞毓生就留下。不久，點了燈，擺上酒菜，盛雲眠離席。酒過數巡，眞毓生推辭說已經喝醉。白雲深說：「再喝三杯，雲棲就會出來。」眞毓生果眞喝了三杯。梁雲棟照樣要求，眞毓生又乾了三杯，接著把酒杯蓋在桌上表示不能再喝。白雲深對梁雲棟說：「我們的面子不夠大，勸不動酒，你去把雲棲叫過來，就說潘郎等妙常很久了。」梁雲棟就離去，不久後回來，說：「雲棲說她不來了。」眞毓生想要離去，但夜色已深，他就假裝喝醉躺下休息。白梁二人於是脫去他的衣衫，輪番與他交歡，騷擾了眞毓生整夜。天亮以後，眞毓生不告而別，一連幾天都不敢再去那座道觀，心裡仍對雲棲念念不忘，不時到呂祖廟附近打聽消息。

有一天，天色很晚，白雲深和一位少年郎出門去了。眞毓生最忌憚白雲深，見她不在，梁雲棟也就不足爲懼，趕忙去道觀敲門。出來應門的是盛雲眠，詢問之下，才知梁雲棟也不在，他接著問起雲棲，盛雲眠帶他前往，兩人走入一個院子裡，喊道：「雲棲，有客人來了。」只見房門「砰」一聲關上。盛雲眠笑道：「門關上了。」眞毓生站在窗外，似乎想要說些什麼，盛雲眠很知趣地先行離去。雲棲隔著窗戶說：「她們以我做餌來引你上鉤，你若是常來恐怕就要沒命了。我雖不能一輩子遵守清規，卻也還知道羞恥二字，我同樣希望，能有一個像潘必正那樣癡情的人能夠廝守終身。」眞毓生表明願意與她白頭偕老，雲棲說：「我的師父撫養我長大很不容易。你若是眞的愛我，就拿二千兩銀子替我贖身，我在這裡等你三年，如果你想與我暗中幽會，恕妾難以從命。」眞毓生一口答應下來，還想再表白，盛雲眠又來了，他只好跟她走出院子，告辭離去。眞毓生內心惆悵，想找個藉口再去一趟，好見雲棲一面，不料家人前來稟告父親生病，他只好連夜趕回家去。

不久，眞舉人過世了。臧夫人家訓十分嚴厲，眞毓生不敢讓她知道與雲棲之事，省吃儉用把錢存起來，有人上門來說媒，他就以服喪爲理由拒絕。母親不同意，他婉轉地說：「當初在黃岡時，外祖母想讓我與陳家女訂婚，我也答應了。現在家中遭逢重大變故，與陳家斷絕音訊，好久沒去黃岡打聽，希望母親能答應讓我去一趟。若是婚事沒談成，那就聽憑母親作主。」臧夫人答應了，眞毓生因此帶著積蓄出門了。

到了黃岡，他來到呂祖庵，只見道觀破敗，十分荒涼。他緩緩往前走去，見到一個老尼姑在煮飯，就上前詢問。老尼姑說：「前年老道士死了，『四雲』也各自離去。」眞毓生又問：「上哪去了？」老尼姑說：「雲深、雲棟跟著小混混走了，雲棲聽說住在郡北，雲眠就不得而知了。」眞毓生聽完，悲傷地嘆了口氣，要了車馬立刻前往郡北，遇到寺觀就停下來打聽，卻沒打探到雲棲的消息。眞毓生大失所望地返家，騙母親道：「舅父說，陳父去岳州了，等他回來以後，就會派人前來。」過了半年，臧夫人回娘家探親，向母親說起此事，母親聽了以後一頭霧水，臧夫人才知曉是兒子騙了她，但外祖母以爲這是外孫和他的舅舅商量的事，所以她沒有聽說過。幸好舅舅出遠門去了，事情的眞假也無法查清。

臧夫人到蓮峰進香還願，齋戒獨自投宿在山下客棧裡。她躺下休息後，店主人前來敲門，說有一個女道士要和她同住一房。那名女道士自稱陳雲棲，聽說臧夫人家在宜昌，就過來坐在她的床邊，悲傷訴說自己的坎坷經歷。最後說：「我有個表兄潘生與夫人是同鄉，麻煩請令郎替我傳個口信，就說我暫時寄居在鶴棲觀師叔王道成那裡，每天都度日如年，請他早點兒過來，恐怕再過段時間，事情將有變故。」臧夫人問她表兄姓名，她說不知，只道：「他既然在官辦學堂，大概秀才們會知道。」翌日天還沒亮，雲棲就告辭了，臨走時殷切又鄭重地囑託了這件事。臧夫人回家後，向眞毓生提及此事，眞毓生跪下來說：「實話對母親說，所謂的潘生就是孩兒。」臧夫人問明情況，氣憤地說：「你這個不孝子！在寺觀裡淫亂，娶道士做老婆，還有什麼臉見親友！」眞毓生低下頭，不敢開口。正好眞毓生要到郡城裡參加科舉，私下乘船去找王道成。到那裡一打聽，才知雲棲半個月前外出，沒有回來，他回到家，鬱鬱寡歡生了場病。

正巧臧老太太去世，臧夫人回家奔喪，葬禮結束後迷了路，來到了京氏家，一打聽，原來是她的族妹。京氏便邀請她進屋，只見有一位少女在裡面，大約十八、九歲年紀，容貌姣好，驚爲天人。臧夫人常常想給兒子娶一房好媳婦，讓他不會感到遺憾，一看這位少女，心中非常滿意，就問起她的狀況。族妹說：「這是王家的女兒，是京家的外甥女，父母都已經去世了，暫時寄居在此。」臧夫人問：「她的夫家是誰呀？」族妹回答：「還未有夫家。」臧夫人握著少女的手和她說話，少女的表情嬌美柔婉，臧夫人很高興，爲了她在京家住下，並且把自己的想法告訴族妹，她說：「姊姊有此意甚好，但是她一向眼高於頂，否則，也不會拖到現在還沒

陳雲棲

莫道鴛盟悞
女冠會看藥矢
自承歡枌棗哲
踐糞皇約猜记郎
尺说桂潘

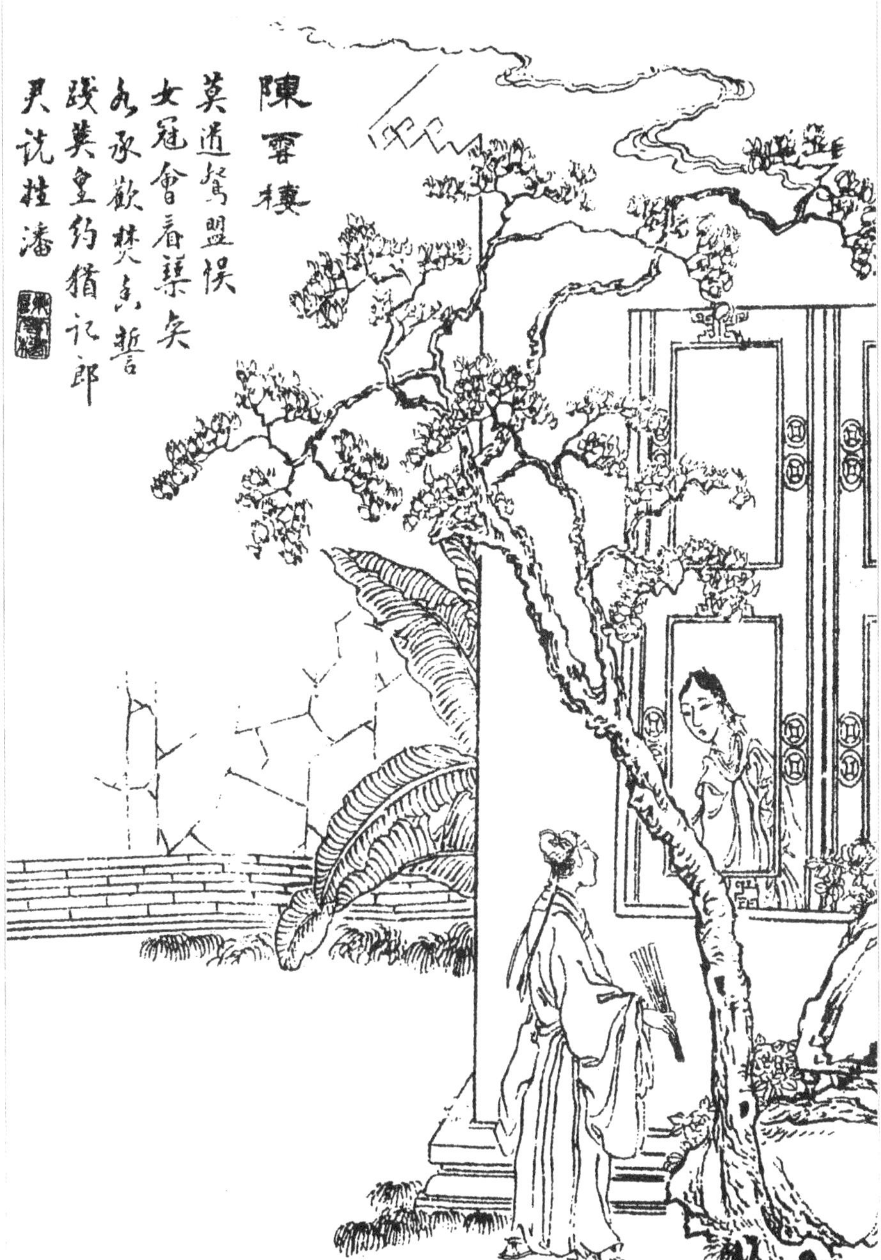

有婚配，等我與她商量一二。」臧夫人就要求少女陪伴她就寢，兩人有說有笑，相處得很愉快。少女認臧夫人爲義母，臧夫人也很高興，邀請她一同回荊州，少女很高興地答應了。

第二天，臧夫人和少女同乘一船返家，回家後，見眞毓生還臥病在床，臧夫人想安慰病重的兒子，讓丫鬟暗中告訴他：「夫人爲公子物色了一個美女。」眞毓生不相信，趴在窗戶上偷看，見那少女比雲棲還要美豔動人。心想：「當初與雲棲約定三年，現在已經過了時間，她外出不歸，想必也是已嫁人了，有了這位美人倒也不錯。」於是他想通了，病很快痊癒，母親安排他們兩人相見。眞毓生一離開，臧夫人就對少女說：「你知道我帶你回來的用意嗎？」少女微笑道：「我早就知道了，但我答應與您一同回來的用意，卻並非像義母所想的那樣。我自幼與宜昌潘家訂親，兩家沒有往來已經很久了，想必他已另有婚配，若果眞如此，我就嫁給義母的兒子；倘若不是，我願一輩子做您的女兒，以後再圖謀報答。」

臧夫人說：「既然已有婚約，我也不好勉強，從前在五祖山時，有個女道士向我問起潘家，今天你又提起潘家，可是宜昌世族中沒有姓潘的人家啊。」少女驚訝地說：「在蓮峰下住宿的就是您嗎？那個打聽潘郎的人就是我啊。」臧夫人聽了才恍然大悟，笑道：「若是如此，潘郎便在此處。」少女問：「他人在何處？」臧夫人讓丫鬟帶她去見眞毓生，眞毓生驚訝地問：「你就是雲棲嗎？」少女反問：「你是如何得知的？」眞毓生把事情始末說了一遍，雲棲才知道所謂的潘郎原來只是眞毓生開的玩笑，她得知眞相後感到有些羞愧，急忙回去稟告臧夫人。臧夫人問她爲什麼又自稱姓王，雲棲回答：「我原本就姓王，因爲師父喜歡我，認我做女兒，我就隨他姓陳了。」臧夫人也很高興，挑選了黃道吉日替他們完婚。

先前，雲棲和雲眠都在王道成那裡出家爲女道士，王道成的道觀太狹窄，雲眠就離開去了漢口；雲棲卻是柔弱又無一技之長，覺得做道士很丟臉，王道成很不喜歡她，恰好京氏到黃岡，見到雲棲覺得她很可憐，就把她帶回家中，雲棲便穿回普通女子的裝束。京夫人想爲她找個夫家，便隱瞞了她曾出家當道士的過往。對於上門來提親的人，她沒有一個是滿意的，舅父和舅母都不知道她的心事，對她感到很厭煩。這一天，她隨臧夫人回家，有了依靠，頓時感到如釋重負。成婚後，眞毓生與雲棲各訴離情，夫妻倆喜極而泣，雲棲孝順恭謹，臧夫人很喜歡她。但雲棲只會彈琴下棋，不懂得料理家務，臧夫人爲此感到很煩惱。

一個多月後，臧夫人讓兩人去京家拜訪，住了幾天就回家。他們的船在江面上行駛，忽然有一條船行駛過來，船上有個女道士，靠近一看，原來是雲眠。雲眠本就與雲棲交好，雲棲見到她很高興，讓雲眠上船來，兩人相對而坐，不由辛酸淒楚。雲棲問：「你現在有何打算？」雲眠說：「一直以來我都很想念你，我大老遠去鶴棲觀找你，才聽說你已經去投奔你的舅父，打算到黃岡去探望你。想不到你們已經有情人終成眷屬，過著神仙眷侶般的生活，只剩下我這個苦命的人，現在仍漂泊不定，不知何時才有個歸宿啊！」說著，她就傷心地哭了。雲棲想出一個主意，讓雲眠換下道裝，假扮是自己姊姊，一起回去陪伴婆婆，再慢慢替她找對象，雲眠同意了。回家後，雲棲先向臧夫人稟明情況，才讓雲眠進去，雲眠舉止談吐頗有大家風範，言談之間顯得通達世故又通情達理。臧夫人守寡以後寂寞孤苦，見到雲眠很高興，深怕她有一天會離開。雲眠每天早晨起來替老夫人操辦家務，儼然把自己當成家中的一份子。臧夫人更加喜歡她，心想讓眞毓生納雲眠爲妾，順便也能遮掩雲棲曾做過道士的過往，怕兒子不肯而不敢說。

有一天，臧夫人忘了有件事沒辦，急忙去問，發現雲眠早替她做好了。臧夫人對雲棲說：「你長得雖美卻不懂得料理家務，對咱們無所裨益，如果你能像雲眠一樣，我就可以少操點心了。」雲棲也早有此意，怕婆婆生氣，現在聽她親口說出來，就笑道：「婆婆既然喜歡她，兒媳願效仿女英、娥皇，與姊姊共侍一夫，婆婆以爲如何？」臧夫人默不作聲，只是眉開眼笑。雲棲回到房中，將此事告訴眞毓生：「婆婆答應你娶雲眠了。」於是便將另一間屋子打掃乾淨給雲眠住。

雲棲對雲眠說：「當年我們在觀裡睡同一張床時，記得姊姊曾說過：『如果我能找到一個眞正愛我的男人，我們兩人一起嫁給他。』你還記得嗎？」雲眠聽了兩眼含淚，說：「我當時不過是隨口說說，並非想要奪人所愛。以前在道觀日夜辛苦勞作卻無人體恤，在眞家我只不過稍微做了點事情，臧夫人就對我另眼相看，箇中冷暖只有自己才知。若不趕我走，我願留下陪伴臧夫人，倒不用實現以前的承諾。」

雲棲把雲眠的話轉告臧夫人，臧夫人就讓姊妹倆焚香盟誓決不反悔，讓眞毓生娶了雲眠。晚上就寢時，雲眠對眞毓生說：「我是個二十三歲的老處女。」眞毓生起初不相信，等到新婚夜見到她的落紅，才知道她說的是眞的。雲眠說：「我之所以想找個好人家嫁了，並非是不甘於寂寞，只是我雖是處女，以前當女道士時行爲卻像個妓女，不知羞恥地四處與男人應酬，令我難以忍受。你我既然春風一度，名義上就是你的妻子，我會盡心侍奉婆婆，替你操持家務。至於夫妻間的床笫之歡，請你另尋他人吧！」三天後，雲眠拿著被鋪到臧夫人房中去睡，趕她也不走。雲棲只好早些到臧夫人房中，睡在雲眠的被鋪上，她才不得已回到房中與眞毓生同寢。從此以後，雲棲、雲眠每兩、三天交換房間一次，習以爲常。

臧夫人原本十分喜歡下棋，自從丈夫過世，就沒有空閒下棋。自從雲眠來了以後，把家務打理得井井有條，白天閒來無事，就和雲棲下棋打發時間。晚上挑燈品茗，聽兩個媳婦彈琴取樂，到半夜才各自散去。她經常對別人說：「先夫在世時，也沒過得這樣愉快愜意。」雲眠負責家中的支出收入，經常做好帳目後向婆婆彙報，婆婆懷疑地問：「你們倆說自幼便是孤兒，是誰教你們識字下棋的？」雲棲笑著說出實情，臧夫人也笑道：「我當初反對女子娶女道士爲妻，現在竟然娶了兩個。」忽然想起眞毓生年幼時算命先生說過的話，才相信冥冥中自有命數。

眞毓生再次參加科舉考試，仍未考中。臧夫人說：「咱們家雖然不大富大貴，也有良田三百畝，幸好有雲眠操持家務，家境日漸好轉。你只要與兩個媳婦一起承歡膝下，我也不敢奢望你能考取功名了。」眞毓生就聽母親的話，放棄科舉考試。後來，雲眠生下一男一女，雲棲生下三男一女，臧夫人活到了八十多歲才去世。孫子們都進了學校，長孫是雲眠生的，已經考中舉人。

蚰蜒[1]

學使[2]朱矞三[3]家門限下有蚰蜒，長數尺。每遇風雨即出，盤旋地上如白練然。按：蚰蜒形若蜈蚣，晝不能見，夜則出。聞腥輒集。或云：蜈蚣無目而多貪也。

1蚰蜒：讀作「油鹽」，一種節足動物，類似蜈蚣，身長約一至二寸，黃黑色，腳細長，捕食害蟲。又稱「錢龍」、「入耳」。

2學使：官名，提督學政。清代省級最高教育行政長官，三年一任，由朝廷分派到各省主持鄉試與院試，並監察各地學官的官員。

3朱矞三：即清代朱雯，曾任山東學政。矞，讀作「育」。

白話翻譯

學使朱矞三家的門檻下有一條蚰蜒，身長好幾尺。每當颳風下雨時就會出來，盤旋在地上像一條白繩。按：蚰蜒形似蜈蚣，白天不能視物，晚間才出來，聞到腥味會聚集。有人說，蜈蚣雖然沒有眼睛卻很貪心。

司訓[1]

教官[2]某，甚聾，而與一狐善；狐耳語之，亦能聞。每見上官，亦與狐俱，人不知其重聽也。積五六年，狐別而去。囑曰：「君如傀儡，非挑弄之，則五官俱廢。與其以聾取罪，不如早自高[3]也。」某戀祿，不能從其言，應對屢乖。學使[4]欲逐之，某又求當道者[5]為之緩頰[6]。一日，執事文場[7]，唱名[8]畢，學使退與諸教官燕坐[9]。教官各捫籍[10]靴中，呈進關說。已而學使笑問：「貴學何獨無所呈進？」某茫然不解。近坐者肘之，以手入靴，示之勢。某為親戚寄賣房中偽器[11]，輒藏靴中，隨在求售。因學使笑語，疑索此物。◆鞠躬起對曰：「有八錢者最佳，下官不敢呈進。」一座匿笑。學使叱出之，遂免官。

異史氏曰：「平原獨無[12]，亦中流之砥柱也。學使而求呈進，固當奉之以此。由是得免。冤哉！」

朱公子子青[13]《耳錄》云：「東萊[14]一明經[15]遲，司訓沂水[16]。性顛癡，凡同人咸集時，皆默不語；遲坐片時，不覺五官俱動，笑啼並作，旁若無人焉者。若聞人笑聲，頓止。儉鄙自奉，積金百餘兩，自埋齋房，妻子亦不使知。一日，獨坐，忽

◆**但明倫評點：**教官代售房中偽器，可稱稱職。學使問要關說，其醜穢更有甚於索此物者。

教官代為販售房事用品，可謂是稱職。學使向他討要賄賂，這種行為之醜陋比索要假陽具更為可恥。

手足自動，少刻云：『作惡結怨，受凍忍飢，好容易積蓄者，今在齋房。倘有人知，竟如何？』如此再四。一門斗[17]在旁，殊亦不覺。次日，遲出，門斗入，掘取而去。過二三日，心不自寧，發穴驗視，則已空空。頓足拊膺[18]，歎恨欲死。」教職中可云千態百狀矣。

1 司訓：明清時府、州、縣皆置訓導，司訓當指這類學官。
2 教官：元、明、清時，擔任府、州、縣學教學等事務的官員。州學設置學正，縣學設置教諭，這類官職通稱為「教官」。
3 自高：自求清高。意指辭官退隱或還鄉。
4 學使：官名，提督學政。清代省級最高教育行政長官，三年一任，由朝廷分派到各省主持鄉試與院試，並監察各地學官的官員。
5 當道者：掌握權勢之人，此指朝中官員。
6 緩頰：求情、說情。
7 文場：舉行科舉的考場。
8 唱名：考生入場時，考官依照名冊點名。
9 燕坐：閒來無事，坐著休息。
10 捫籍：摸找考生的名冊。籍，記載考生個人資料的名冊。捫，用手摸。
11 偽器：假的男性生殖器。
12 平原獨無：意指不同流合污。平原，指東漢平原相史弼。他在黨錮之禍時，不願奉皇帝的詔命告發結黨名單，保住很多人的性命。事見《後漢書·史弼傳》。
13 朱子青：本名朱緗，字子青，號橡村居士。山東人士，康熙時任職候補主事，是蒲松齡的朋友。曾著有《耳錄》一書。
14 東萊：古郡名，今山東省萊州市。
15 明經：明清兩代對貢生的尊稱。
16 沂水：今山東省沂水縣。
17 門斗：古代官學中的僕役，負責處理雜務。
18 拊膺：撫摸胸膛。此處是捶胸頓足、扼腕之極的樣貌。

白話翻譯

有位教官有重聽的毛病，他和狐狸交好，能聽見狐狸的耳語。每逢去見長官時，都帶著狐狸同去，人們都不知道他有重聽。五、六年後，狐狸辭別而去，離開前囑咐他：「你像個傀儡，如果沒有人指點牽引，你的五官都無法發揮效用，與其因爲重聽而獲罪，不如儘早辭官回鄉。」教官貪戀奉祿，不聽狐狸的話，在應對進退上時常出錯。學使想將他趕走，教官又求朝中官員替他求情。有一天，他擔任科舉的考官，點名以後，學使和諸位教官們閒坐，教官們各自從靴子裡取出考生名單，要呈給學使大人以行關說。不久，學使笑道：「爲何只有你沒有呈上名單呢？」這名教官聽不清楚學使說什麼，不知所措站在那裡。他身旁的人用手肘碰他一下，把手伸到靴子裡，向他示意。這位聾教官替親戚販售房事用品，這會兒藏在靴子裡，以便隨時兜售。他看見學使對他笑著說話，以爲學使是想要買這種東西，彎腰起身說：「有一支八錢的品質最好，現在沒有隨身攜帶，下官不敢呈上。」其他的教官都暗自偷笑，學使把他轟出去，他也因此被革除官職。

記下奇聞異事的作者如是說：「東漢時有位平原相史弼在黨錮之禍時，沒有舉報結黨官員的名單，這名教官也和他一樣，沒有同流合汙向學使賄賂關說，也算得上是中流砥柱了。學使公然向屬下貪汙索賄時，把假陽具這種不入流的東西贈之再自然不過，卻因這件事被免職，實在是太冤枉了！」

朱子青在《耳錄》中寫道：「東萊有個姓遲的貢生，到沂水縣當學官。他生性瘋癲癡傻，只要是同僚聚會，他皆不發一言，但是坐了片刻，不知不覺五官都會自己動起來，又哭又笑，旁若無人，如果聽到人的笑聲，就會馬上停止。

「遲某人每天都省吃儉用，存了一百多兩銀子，把錢埋在書房裡，連妻子都隱瞞不說。一天，他獨自坐著，忽然手腳自己動起來，不久後說：『做了壞事，與人結下仇怨，挨餓受凍，好不容易積攢下來的銀子，存放在書房裡。若是被人知道，該如何是好？』這話他反覆說了好幾次，有個僕人站在身旁，竟也渾然未覺。第二天，遲某出門去，那僕人進了他的書房，把銀子挖出來拿走了。過了兩、三天，遲某心中惦記銀子，打開藏錢的地方一看，空蕩蕩的什麼都沒有，不由得捶胸頓足，嘆氣懊悔得不得了。」教官們這些軼事，當眞是千奇百怪啊。

司訓
屢因重聽歎途窮
俛僂登場笑鞠
躬也算人间清白
吏更無阙節
出韡中

黑鬼

膠州[1]李總鎮[2]，買二黑鬼，其黑如漆。足革粗厚，立刃為途，往來其上，毫無所損，總鎮配以娼，生子而白，僚僕戲之，謂非其種。黑鬼[3]亦疑，因殺其子，檢骨盡黑，始悔焉。公每令兩鬼對舞，神情亦可觀也。

1膠州：今山東省膠縣。
2李總鎮：即總兵。據《增修膠州志》卷十四《職官》記載，李永盛、李克德曾先後擔任膠州總兵，此處的李總鎮應是這二人其中之一。
3黑鬼：蔑稱擁有黑色皮膚的人種。

白話翻譯

膠州的李總鎮買了兩個黑奴，膚色黑得像漆一樣，腳底的皮很粗厚。將刀刃豎起來鋪成一條路，讓他們在上面行走，腳也不受絲毫傷害。總鎮把妓女嫁給他們，生的孩子皮膚很白，其他僕人開玩笑說，這才不是這兩個黑人的孩子。黑人也暗自懷疑，就把孩子殺掉，一檢查骨頭卻都是黑的，才感到後悔。總鎮每次命這兩名黑奴表演雙人舞時，神情模樣也挺值得一看的。

黑鬼
異邦人物競相看對舞神
情亦可觀非種必鋤推刃
日分明黑白悔摧殘

織成

洞庭湖中，往往有水神借舟。遇有空船，纜忽自解，飄然遊行。但聞空中音樂並作，舟人蹲伏一隅，瞑目聽之，莫敢仰視，任所往。遊畢，仍泊舊處。

有柳生，落第歸，醉臥舟上。笙樂忽作。舟人搖生不得醒，急匿艎[1]下。俄有人捽[2]生。生醉甚，隨手墮地，眠如故，即亦置之。少間，鼓吹鳴聒[3]。生微醒，聞蘭麝充盈，睨之，見滿船皆佳麗。心知其異，目若瞑[4]。少間，傳呼織成。即有侍兒來，立近頰際，翠襪紫舄[5]，細瘦如指。心好之，隱以齒齧其襪。少間，女子移動，牽曳傾踣[6]。上問之，因白其故。在上者怒，命即行誅。遂有武士入，捉縛而起。見南面[7]一人，冠類王者，因行且語，曰：「聞洞庭君為柳氏[8]，臣亦柳氏；昔洞庭落第，今臣亦落第；洞庭得遇龍女而仙，今臣醉戲一姬而死：何幸不幸之懸殊也！」王者聞之，喚回，問：「汝秀才下第者乎？」生諾。便授筆札，令賦「風鬟霧鬢」[9]。生固襄陽[10]名士，而構思頗遲，捉筆良久。上誚讓曰：「名士何得爾？」生釋筆自白：「昔《三都賦》[11]十稔[12]而成，以是知文貴工、不貴速也。」王者笑聽之。自辰至午，稿始脫。王者覽之，大悅曰：「真名士也！」遂賜以酒。頃刻，異饌紛綸。

方問對間，一吏捧簿進白：「溺籍告成矣。」問：「人數幾何？」曰：「一百二十八人。」

問：「簽差[13]何人矣？」答云：「毛、南二尉。」生起拜辭，王者贈黃金十斤，又水晶界方[14]一握，曰：「湖中小有劫數，持此可免。」忽見羽葆[15]人馬，紛立水面，王者下舟登輿，遂不復見，久之，寂然。舟人始自艙下出，蕩舟北渡，風逆不得前。忽見水中有鐵貓[16]浮出。舟人駭曰：「毛將軍出現矣！」各舟商人俱伏。又無何，湖中一木直立，築築[17]搖動。益懼曰：「南將軍[18]又出矣！」◆少時，波浪大作，上翳天日，四顧湖舟，一時盡覆。生舉界方危坐舟中，萬丈洪濤，至舟頓滅，以是得全。

既歸，每向人語其異。言舟中侍兒，雖未悉其容貌，而裙下雙鉤[19]，亦人世所無。後以故至武昌，有崔媼賣女，千金不售：蓄一水晶界方，言有能配此者，嫁之。生異之，懷界方而往。媼忻然[20]承接，呼女出見，年十五六已來，媚曼[21]風流，更無倫比，略一展拜，返身入幃。生一見，魂魄動搖，曰：「小生亦蓄一物，不知與老姥家藏頗相稱否？」因各出相較，長短不爽毫氂。媼喜，便問寓所，請生即歸命輿，界方留作信。生不肯留，媼笑曰：「官人亦太小心！老身豈為一界方抽身竄去耶？」生不得已，留之。出則賃輿急返，而媼室已空，大駭。遍問居人，迄無知者。日已向西，形神懊喪，邑邑而返。中途，值一輿過，忽搴簾曰：「柳郎何遲也？」視之，則崔媼。喜問：「何之？」媼笑曰：「必將疑老身拐騙者矣。別後，適有便輿，頃念官人亦僑寓，措辦良艱，故遂送女歸舟耳。」

生邀回車，媼必不可。生倉皇不能確信，急奔入舟，女果及一婢在焉。見生入，含笑承迎。見翠襪紫履，與舟中侍兒妝飾，更無少別。心異之，徘徊凝注。女笑曰：「眈眈注目，生平所未

◆馮鎮巒評點：寫得聲色俱有。

描寫得繪聲繪影。

見耶？」生益俯窺之，則襪後齒痕宛然，驚曰：「卿織成耶？」女掩口微哂。生長揖[22]曰：「卿果神人，早請直言，以袪煩惑。」女曰：「實告君：前舟中所遇，即洞庭君也。仰慕鴻才，便欲以妾相贈；因妾過為王妃所愛，故歸謀之。妾之來，從妃命也。」生喜，沐手焚香，望湖朝拜，乃歸。

後詣武昌，女求同去，將便歸寧。既至洞庭，女拔釵擲水，忽見一小舟自湖中出，女躍登，如飛鳥集，轉瞬已杳。生坐船頭，於沒處凝盼之。遙遙一樓船至，既近窗開，忽如一彩禽翔過，則織成至矣。一人自窗中遞擲金珠珍物甚多，皆妃賜也。自是，歲一兩覲以為常。故生家富有珠寶，每出一物，世家所不識焉。

相傳唐柳毅遇龍女，洞庭君以為婿。後遜位於毅。又以毅貌文[23]，不能攝服水怪，付以鬼面，晝戴夜除；久之漸習忘除，遂與面合而為一。毅覽鏡自慚。故行人泛湖，或以手指物，則疑為指己也；以手覆額，則疑其窺己也；風波輒起，舟多覆。故初登舟，舟人必以此告戒之。不則設牲牢[24]祭享，乃得渡。許真君[25]偶至湖，浪阻不得行。真君怒，執毅付郡獄。獄吏檢囚，恆多一人，莫測其故。一夕，毅示夢郡伯[26]，哀求拔救。伯以幽明異路，謝辭之。毅云：「真君於某日臨境，但為求懇，必合有濟。」既而真君果至，因代求之，遂得釋。嗣後湖禁稍平。

1 艎：讀作「黃」，原意為渡船，此指船艙。
2 捽：讀作「足」，抓起來。
3 鼓吹鳴聒：形容鼓樂之聲熱鬧響起。
4 目若瞑：閉眼假裝睡覺。瞑，讀作「明」，閉眼。
5 舄：讀作「系」，鞋子。
6 踣：讀作「博」，跌倒。

7 南面：指帝王，古時以坐北朝南為尊。

8 洞庭君為柳氏：典故出自唐李朝威《柳毅傳》，洞庭龍女遭到夫家虐待，碰到柳毅。柳毅替龍女打抱不平，為龍女傳遞家書。龍女的叔父錢塘君一怒之下，把龍女的丈夫給吞下肚，並想將龍女嫁給柳毅，柳毅起先沒有答應，後來歷經波折，柳毅與龍女終於結為夫妻。柳毅為洞庭君，是後人添加的情節，為原文所無。

9 風鬟霧鬢：形容婦女髮髻散亂，代指女子遭受到極大苦難。

10 襄陽：今湖北省襄陽市。

11 《三都賦》：西晉左思所作。相傳左思為構思此賦耗費十年，偶然間想到一句，就馬上寫了下來。

12 十稔：十年。稔，讀作「忍」，一稔即一年。

13 簽差：猶言派遣。

14 界方：界尺，畫直線或鎮壓紙張的器具。

15 羽葆：以鳥羽裝飾的傘狀物品，為儀仗所用。此借指儀仗。

16 鐵貓：即鐵錨。「錨」與「毛」諧音，因而稱毛將軍。

17 築築：上下撞擊擣動的樣子。築，打地基用的工具，俗稱夯。此處作動詞用，形容搗土的動作，使泥土堅固。

18 南將軍：相傳洞庭湖時有楠木浮出水面，使船沉沒水中。「楠」與「南」諧音，因而稱南將軍。

19 雙鉤：女子所穿的鞋子。古代女子纏足，足尖細小彎曲如鉤狀，一雙鞋因此稱為雙鉤。

20 忻然：歡欣喜悅。忻，讀作「欣」，通「欣」。

21 媚曼：嬌媚動人。

22 長揖：拱手由上而下拜見的禮儀，多用於見面時。

23 貌文：相貌恬靜斯文。

24 牲牢：指祭祀所用的牛、羊、豕（讀作「使」）等祭品。

25 許真君：東晉道士許遜，字敬之，汝南（今河南省汝南縣）人。曾任旌陽（今湖北省枝江市北）縣令，頗有政聲。後因晉室紛亂，遂捨棄官職東歸，周遊江湖，用道術為百姓除去災害。傳說東晉寧康二年（西元三七四年），全家飛升成仙，宋代封為「神功妙濟真君」，世稱許真君或許旌陽。

26 郡伯：明清兩代知府的別稱。

白話翻譯

洞庭湖中經常有水神向人借船的事情發生。遇到岸邊有空船，纜繩會突然自動解開，在湖上飄蕩行駛。只聽空中管絃樂音齊響，船夫會蹲到角落躲藏起來，閉目聆聽，不敢抬頭仰望，任憑船隻遊蕩。等船隻巡遊完畢，仍舊停靠在原來的地方。

有一個柳姓的秀才，名落孫山，正準備返家，喝醉了躺在船上。忽然笙樂齊響，船夫想搖醒柳生，柳生醉得厲害沒有醒來，船夫急忙躲到船艙裡。不久，有人拉起柳生，柳生醉得很厲害，被那人拽倒在地，依舊熟睡不醒，那人也就隨他去。不久，鼓樂聲吵雜，柳生微微睜開眼，聞到女子身上的香味，斜眼一看，只見整艘船都是美女。他心知這是怪異現象，假裝依舊熟睡著，不久，聽到有人叫喚「織成」，立刻有個侍女走來，站在靠近柳生的臉頰邊。柳生只看得見侍女腳穿翠色的襪子、紫色的繡花鞋，小腳纖細如手指，他心中歡喜，偷偷用牙齒咬住襪子。不久，侍女要行走，襪子被柳生咬著不放，因此絆倒在地。上面有人問她發生何事，她把事情經過說了一遍，上面的人很生氣，下令要斬柳生。

武士進來了，把柳生捉起來綁住，又把他從床上提起。只見有一個人南面而坐，衣冠像是君王裝扮，柳生於是邊走邊說：「聽說洞庭君姓柳，臣也姓柳；當年洞庭君名落孫山，臣也落榜；洞庭君遇到龍女而得以成仙，今天臣喝醉調戲一個女子而被處死，為何幸與不幸竟是天差地別啊！」君王聽了，喚他回來，問：「你是落第的秀才嗎？」柳生答是。君王命人給他紙筆，讓他以「風鬟霧鬢」作一篇賦。柳生是襄陽府的秀才，只是構思遲緩，提筆想了很久，君王便嘲笑他：「秀才怎麼會如此呢？」柳生擱筆，辯解道：「以前左思寫《三都賦》，耗費十年才完成，可見名作佳篇著重於所下工夫有多深，不在於速度。」君王聽了一笑置之。柳生從

織成
下第歸来一舸行
醉中猜
記賦閒情水精界
尺如符
節齧足真成齧臂
盟

早上一直寫到中午才完成，君王閱覽過後，很高興地說：「眞不愧是秀才啊！」賞賜給柳生酒。不久，山珍海味紛紛端了上來。

談話之際，一個小官員捧著簿籍進來稟告：「要淹死之人的名單已經擬好了。」君王問：「總共多少人？」小官回答：「一百二十八人。」君王又問：「由誰去執行？」小官再回答：「是毛、南二位都尉。」柳生這時起身告辭，君王贈他黃金十斤，還有一把水晶界方，說：「湖中將有災禍，拿著界方就可避禍。」忽然，儀仗車馬紛紛浮到水面，君王下船登車，消失無蹤，過了很久，湖上總算恢復平靜。

船夫這才從船艙裡出來，划船朝北方駛去，因爲逆風的緣故，船隻行駛困難。忽然從水中浮出來一個大鐵錨，船夫驚駭地說：「毛（錨）將軍出現了！」各船商人紛紛趴下。又過不久，湖中直挺挺地冒出一根木頭，上下不斷搖動。船夫更加驚恐，說：「南（楠）將軍也出來了！」一下子，湖面上波濤洶湧，遮天蔽日，眼前所見船隻，片刻之間全部翻覆。柳生拿著水晶界方，在船中正襟危坐，萬丈波濤打到他的船邊就退去，柳生得以逃過此劫。

柳生回家後，經常向人說起這個海上奇遇，並說：「船上的侍女，雖然容貌沒看仔細，但她裙襬下那雙小腳，可謂是空前絕後。」後來柳生有要事前往武昌，見到一個老婦崔氏在賣女兒，但是出價千金也不肯賣。她家有一把水晶界方，聲稱如果有人持相同界方，就把女兒嫁給他。柳生聽了感到訝異，帶著自己的界方前去，崔氏很高興地出門迎接，也叫女兒出來相見。

只見這名女子年約十五、六歲，生得豔麗無雙。她略微向柳生施禮，轉身走回帷帳中，柳生一見小姐，神魂蕩漾，不可自制，說：「在下也有一把界方，不知與姥姥家的是否爲一對？」雙方將界方取出，互相比對，果然一模一樣，分毫不差。崔氏很高興，就問柳生家住何處，要柳生立刻備車來迎接新娘，界方則留下當作信物。柳生不肯留下界方，崔氏笑道：「公子也未免太小心！我難道會偷了你的界方不成？」柳生拗不過她，只好將界方留下。

柳生從崔氏家中出來，趕緊僱了車馬趕回崔家，卻發現崔家已經人去樓空，柳生大驚失色，尋遍附近鄰居，無人知道崔氏搬到哪裡去。此時夕陽西下，柳生失魂落魄，悶悶不樂地回家，半路上遇見一輛車迎面駛來，忽然有人掀開車簾，問：「柳公子怎麼這麼久才來？」柳生抬頭一看，原來是崔氏，喜出望外地問：「您要往哪裡去？」崔氏說：「你必定以爲我故意騙你。剛才你走了以後，剛好有輛便車，我想到你也是旅居於此，僱車恐怕不易，要把女兒送到你的船上。」

柳生邀請崔氏一同前去，崔氏堅持不肯。柳生心中焦急，不知她所說是否爲眞，急忙回船，果然看見崔家小姐與丫鬟已經等候在那裡。崔小姐見柳生來了，笑著上前相迎，柳生見她穿著綠襪紫鞋，與上次船上所見的侍女打扮並無二致，心中感到詫異，上下不斷打量崔小姐，崔小姐笑道：「怎麼一直盯著我看，難道沒見過嗎？」柳生再彎腰仔細觀視，見到襪子後面還有他咬過的齒印，驚訝地說：「你就是織成嗎？」織成掩嘴輕笑，柳生朝她施禮，說：「你若果眞是仙女，請趁早明言，好解我心頭疑惑。」織成說：「實言相告，上次你在船上遇到的就是洞庭君，他很欽慕你的才華，想把我嫁給你；但是王妃很喜歡我，所以要先回去和她商量，我這次來，就是奉了王妃的旨意。」柳生很高興，趕忙洗手焚香，向湖中拜謝，然後才回去。

後來柳生去了武昌，織成要求帶她一起去，好順便回去探望。到了洞庭湖，織成摘下頭釵投入湖中，忽見一艘小船浮出湖面，織成隨即跳上去，宛如鳥兒飛上樹梢，轉眼就消失蹤影。柳生坐在船頭，盯著織成消失的地方直看，只見遠遠有一艘大船駛來，快靠近時船艙的窗戶自己打開了，忽然間有一隻五彩斑爛的鳥飛過來，定睛一看竟是織成。有個人從窗戶口遞送了許多奇珍異寶，都是王妃賞賜。從此以後，柳生和織成每年都要去洞庭湖一、兩次，習以爲常，柳生家中從此多出許多奇珍異寶，每一件都足以讓世家大戶嘆爲觀止。

傳說唐代有個書生柳毅巧遇龍女，洞庭君就認他做女婿，後來又把王位讓給他。洞庭君擔心柳毅長得文質彬彬，不能令四方水怪心生畏懼而屈服，交給他一副鬼面具，讓他白天戴著，晚上摘下。時間久了，柳毅也就戴習慣了，經常忘記摘下，於是面具黏在臉上摘不下來。柳毅每次照鏡子都感到自慚形穢，所以來往的船隻上，如果有人伸手去指東西，柳毅都會懷疑是在指他；有人把手遮在額頭上，柳毅又懷疑那人是在看自己。這時湖上就會興風作浪，打翻很多船。此後若有第一次上船的客人，船夫都會告訴他們這些禁忌。否則的話，就要宰殺牲口拜祭洞庭湖君，才能安然無恙地過湖。

許眞君偶然來到洞庭湖，船受風浪阻遏，無法前行。許眞君大怒，就把柳毅抓住，送到縣衙的監獄裡關押。獄卒清點囚犯時，經常會多出一個人，大家都不知道這是怎麼回事。有一天夜晚，柳毅託夢給知府，哀求他出手相救。知府認爲仙凡有別，推辭拒絕，柳毅說：「許眞君將會在某月某日來到貴地，只要你向他懇求，就一定能救我。」不久，許眞君果然來了，郡守就代柳毅向他求情，柳毅因此被釋放。從此以後，洞庭湖上的禁忌稍微少了些。

竹青

魚客，湖南人，忘其郡邑。家貧，下第歸，資斧斷絕。羞於行乞，餓甚，暫憩吳王廟[1]中，拜禱神座。出臥廊下，忽一人引去，見王，跪曰：「黑衣隊尚缺一卒，可使補缺。」王曰：「可。」即授黑衣。既著身，化為烏，振翼而出。見烏友群集，相將俱去，分集帆檣[2]。舟上客旅，爭以肉向上拋擲。群於空中接食之。因亦尤效[3]，須臾果腹。翔棲樹杪[4]，意亦甚得。

逾二三日，吳王憐其無偶，配以雌，呼之「竹青」。雅相愛樂。魚每取食，輒馴無機[5]，竹青恆勸諫之，卒不能聽。一日，有滿兵[6]過，彈之中胸。幸竹青啣去之，得不被擒。群烏怒，鼓翼搧波，波湧起，舟盡覆。竹青仍投餌哺魚。魚傷甚，終日而斃。忽如夢醒，則身臥廟中。先是，居人見魚死，不知誰何，撫之未冷，故不時令人邏察之。至是，訊知其由，斂貲送歸。

後三年，復過故所，參謁吳王。設食，喚烏下集群啗[7]，祝曰：「竹青如在，當止。」食已，並飛去。後領薦[8]歸，復謁吳王廟，薦以少牢[9]。已，乃大設[10]以饗烏友，又祝之。是夜宿於湖村，秉燭方坐，忽几前如飛鳥飄落，視之，則二十許麗人，輾然[11]曰：「別來無恙乎？」魚驚問之。曰：「君不識竹青耶？」◆魚喜，詰所來。曰：「妾今為漢江[12]神女，返故鄉時常少。前烏使兩道君情，故來

◆**馮鎮巒評點：**不知當年在黑衣裏為偶時，麗人耶，抑羽毛耶？所見何如？

不知道魚客當年穿著黑衣變成烏鴉時，竹青也是美女嗎？還是一隻烏鴉呢？他看到的竹青究竟長什麼樣子？

一相聚也。」魚益欣感，宛如夫妻之久別，不勝懽戀。生將偕與俱南[13]，女欲邀與俱西[14]，兩謀不決。寢初醒，則女已起。開目，見高堂中巨燭熒煌，竟非舟中。驚起，問：「此何所？」女笑曰：「此漢陽[15]也。妾家即君家，何必南！」天漸曉，婢媼紛集，酒炙已進。就廣床上設矮几，夫婦對酌。魚問：「僕何在？」答：「在舟上。」生慮舟人不能久待。女言：「不妨，妾當助君報[16]之。」於是日夜談讌[17]，樂而忘歸。舟人夢醒，忽見漢陽，駭絕。僕訪主人，杳無音信。舟人欲他適，而纜結不解，遂共守之。

積兩月餘，生忽憶歸，謂女曰：「僕在此，親戚斷絕。且卿與僕，名為琴瑟，而不一認家門，奈何？」女曰：「無論妾不能往；縱往，君家自有婦，將何以處妾乎？不如置妾於此，為君別院[18]可耳。」生恨道遠，不能時至。女出黑衣，曰：「君向所著舊衣尚在。如念妾時，衣此可至；至時，為君解之。」乃大設肴珍，為生祖餞。即醉而寢，醒，則身在舟中，視之，洞庭舊泊處也。舟人及僕俱在，相視大駭，詰其所往。生故悵然自驚，枕邊一襆[19]，檢視，則女贈新衣襪履，黑衣亦摺置其中。又有繡橐[20]維縶[21]腰際，探之，則金貲充牣[22]焉。於是南發，達岸，厚酬舟人而去。

歸家數月，苦憶漢水，因潛出黑衣著之。兩脅生翼，翕然[23]凌空，經兩時許，已達漢水。回翔下視，見孤嶼中有樓舍一簇，遂飛墮。有婢子已望見之，呼曰：「官人至矣！」無何，竹青出，命眾手為緩結，覺羽毛劃然盡脫。握手入舍曰：「郎來恰好，妾旦夕臨蓐[24]矣。」生戲問曰：「胎生乎？卵生乎？」女曰：「妾今為神，則皮骨已硬，應與曩[25]異。」越數日，果產，胎衣[26]厚裹，如巨卵然，破之，男也。生喜，名之「漢產」。三日後，漢水神女皆登堂，以服食珍物相賀。並皆佳妙，無三十以上人。俱入室就榻，以拇指按兒鼻，名曰：「增壽」。既去，生問：「適來者皆誰何？」女曰：「此皆妾輩。其末後著藕白者，所謂『漢皋解珮』[27]，即其人也。」居數月，女以舟送之，不用帆楫，飄然自行。抵陸，已有人縶馬道左，遂歸。由此往來不絕。

積數年，漢產益秀美，生珍愛之。妻和氏，苦不育，每思一見漢產。生以情告女。女乃治任，送兒從父歸，約以三月。既歸，和愛之過於己出，過十餘月，不忍令返。一日，暴病而殤，和氏悼痛欲死。生乃詣漢告女。入門，則漢產赤足臥床上，喜以問女。女曰：「君久負約。妾思兒，故招之也。」生因述和氏愛兒之故。女曰：「待妾再育，令漢產歸。」又年餘，女雙生男女各一：男名「漢生」，女名「玉珮」。生遂攜漢產歸。然歲恆三四往，不以為便，因移家漢陽。

漢產十二歲入郡庠。女以人間無美質[28]，招去，為之娶婦，始遣歸。婦名「危娘」，亦神女產也。後和氏卒，漢生及妹皆來擗踊[29]。葬畢，漢生遂留；生攜玉珮去，自此不返。

1 吳王廟：祀奉三國時代吳國將軍甘寧，位於湖北省陽新縣富池口鎮。宋代因為有神風助漕運有功，賜封王爵，因而稱為吳王廟。事見《湖廣通志》。
2 帆檣：用來掛帆幔的船桅、帆竿。
3 尤效：猶言仿效別人不好的行為，也作「效尤」。此處應單純解為仿效。
4 樹杪：樹梢。杪，讀作「秒」，末端、末梢之意。
5 無機：欠缺需要提高警覺的意識。
6 滿兵：滿州士兵，即清兵。
7 啗：讀作「旦」，吃。
8 領薦：領鄉薦，即鄉試中舉。
9 少牢：古時諸侯的祭祀之禮，只用豬、羊當祭品的稱為少牢。後來的少牢則僅使用羊。
10 大設：擺設豐盛的菜餚。
11 輾然：微笑貌。輾，讀作「產」。
12 漢江：即漢水，在湖北省武漢口流入長江。

13 南：往南方走，指回魚客的家鄉湖南。
14 西：向西而行，即前往漢陽。
15 漢陽：古代縣名，今湖北省武漢市漢陽區。
16 報：報答，酬謝。
17 談讌：宴飲談話。讌，宴飲，同「醼」，讀作「宴」。
18 別院：別墅。
19 襆：讀作「樸」，以布巾包裹，指行囊、包袱。
20 繡橐：繡花的袋子。橐，讀作「陀」，袋子、錦囊。
21 維縶：綁繫。縶，讀作「執」，捆綁、綁縛。
22 充牣：充滿。牣，讀作「刃」。
23 翕然：本指和順的樣子，此作迅速之意。翕，讀作「系」。
24 臨蓐：臨盆，即將生產。蓐，讀作「入」，草蓆，或借指床，因人出生在草蓆或床墊上。
25 曩：讀作「囊」的三聲，以前、昔日之意。
26 胎衣：胎盤。
27 漢皋解珮：典出《韓詩外傳》，鄭交甫路過漢皋臺下，巧遇兩名仙女，仙女解下珮珠相贈的故事。漢皋，山名，今湖北省襄陽市。皋，讀作「高」。珮，古人繫在腰帶上的玉質裝飾品。
28 美質：本質美好的女子。
29 擗踊：讀作「闢勇」。搥胸頓足，形容非常哀傷悲痛。

白話翻譯

魚客是湖南人，說這個故事的人忘記他住在哪個府縣了。魚客家中貧窮，落榜後回家已然盤纏耗盡，他覺得乞討很丟臉，肚子又餓得不得了，就暫時在吳王廟中休息。他向神像叩拜祈禱，訴說滿腔的悲憤怨恨，走出大殿後在一間廂房睡下，忽然有一個人引他前去面見吳王。那人跪下說：「黑衣隊還差一個人，可以讓他補上。」吳王答允了，賞給魚客一件黑衣，魚客剛把衣服穿上身，就變成一隻烏鴉，拍打著翅膀飛出去。他見到鴉群聚在一起，加入一同飛走，各自落在船的桅杆上，船上旅客爭相拋丟肉塊餵烏鴉，烏鴉在空中接著吃掉，魚客也仿效他的烏鴉同伴，不久吃飽了，飛到樹梢上，十足自得其樂。

過了兩、三天，吳王可憐魚客沒有伴侶，賞賜他一隻雌烏鴉，名叫竹青，夫妻倆很恩愛。魚客每次去覓食都欠缺警戒心，竹青經常向他勸說，他始終聽不進去。有一天，一艘清兵的船經過，他們用彈弓打中魚客胸部，幸虧竹青將他啣走，才沒有被擒。烏鴉們很憤怒，一起鼓動翅膀，江上湧起波浪，船全都沉了。竹青啣著食物去餵魚客，無奈魚客的傷勢太重，一天就死了。突然間，魚客彷彿從夢中醒過來一樣，發現自己仍睡在廟裡，先前當地居民看見魚客死了，不知道他是誰，觸摸他的身體，發現還沒有冰冷，所以不時讓人來察看他。這會兒看到他醒過來，詢問出事情經過，湊了些錢送他回家了。

三年後，魚客經過先前的吳王廟，到廟中祭拜吳王。他將食物擺在供桌上，叫烏鴉一起下來吃，並祈禱：「竹青如果在此，請她留下。」烏鴉吃完後一齊飛走了。後來，魚客考中舉人，又去吳王廟祭拜，用豬羊獻祭。祭祀完，他擺上豐盛的食物來餵食烏鴉，又做了相同的禱告。當晚，魚客在洞庭湖邊的村子投宿，他點燈獨坐，忽然似乎有隻鳥飄落到桌上。他一看，竟是一位二十幾歲的美人。她笑道：「別來無恙啊？」魚客驚訝地問她是誰，她說：「你不認識竹青嗎？」魚客很高興，問她從哪裡來。竹青說：「我現在是漢江的神女，返回故鄉的時間不多。先前烏鴉使者兩次轉達您的情況，所以特地前來相聚。」魚客更加感到欣慰，宛如久別重逢的夫妻一般，更加恩愛繾綣。魚客想要帶她一同回湖南，竹青則想邀他一起到漢陽，兩人

竹青
窮途無奈秀
才饑多
謝吳王賜羽
衣分明
雖爲匹偶
從今雙
宿永雙飛

商量未決。

隔天清晨，魚客醒來時，竹青已經起床了。他睜開眼睛，看見廳堂上巨燭明亮輝煌，他已不在船上。魚客驚訝起身，問：「這是何處？」竹青笑道：「這裡是漢陽，我的家就是你的家，何必回湖南！」天色逐漸亮了，婢女老媽子紛紛前來，酒菜已經擺上桌。他們就在大床上放置一張矮桌，夫妻倆相對飲酒。魚客問：「我的僕人現在何處？」竹青答：「還在船上。」魚客擔心船夫不能久候。竹青說：「無妨，我會替你轉告的。」於是他們日夜笑談歡宴，樂不思蜀。船夫醒來後，發現已到漢陽，十分驚訝。魚客的僕人去尋找主人，同樣音訊全無。船夫想到別的地方去，但船纜始終解不開，只好和僕人在船上等候。

兩個多月過去，魚客忽然想要回家，對竹青說：「我留在這裡，與親戚都斷絕來往。況且你我既有夫妻之名，卻不肯去我家一趟，這是爲何呢？」竹青說：「莫說我不能去，就是去了，你家中已有妻子，你打算如何安置我呢？不如就把我安置在這裡，當作是你家的別墅吧！」魚客嫌路途遙遠，不能經常前來，竹青取出黑衣服，說：「你以前的舊衣服還在，如果你想念我，穿上它就可以來此，到了這裡以後，我再替你脫下。」竹青準備豐盛的酒宴，爲魚客餞行。魚客喝醉後就睡著了，醒來時發現自己已在船上。往四周察看，船就在洞庭湖原先停船之處。船夫和僕人都在。他們彼此相見，都感到驚訝，詢問魚客去哪裡了，魚客佯裝懵懂無知，露出一副驚訝神色。他的枕邊有一個包袱，打開一看，裡面是竹青送他的衣服鞋襪，那件黑衣服也折疊整齊放在裡面，還有一個荷包繫在腰間，他用手一摸，裡面裝滿銀子。魚客讓船往湖南駛去，等船抵達岸邊，他給了船夫一大筆酬金就離開了。

魚客回家過了幾個月，非常思念竹青，就偷偷取出黑衣服穿上，兩肋隨即長出翅膀，他一下子就飛向天際，約莫兩個時辰，就飛到了漢陽。他在空中飛舞盤旋，看見孤島上有一簇樓房，朝那裡飛下去，等他落地後，有個婢女瞧見了他，高聲喊道：「官人回來了！」不久，竹青走了出來，叫眾人幫魚客脫下黑衣，魚客覺得羽毛頓時都脫落。竹青挽著他的手進屋，說：「你回來得正好，我就要臨盆了。」魚客以戲謔的口吻說：「是胎生還是卵生呢？」竹青說：「我現在是神，已經脫胎換骨，應該和先前迥異。」

過了幾天，竹青分娩了，一層厚厚的胎衣裹著嬰兒，像一顆巨大的蛋，打破胎衣，是一個男孩。魚客很高興，給他取名爲「漢產」。三天後，漢水的神女都前來慶賀，贈送衣物和珍寶。這些神女都是佳人，沒有一位超過三十歲以上，她們走進房間來到床邊，用拇指按一下嬰兒的鼻子，叫這舉動是「增壽」。神女們離去以後，魚客問：「她們都是些什麼人？」竹青說：「她們都是我的同輩姊妹，走在最後面那個身穿藕白色衣服的，就是傳說中『漢皋解珮』那位仙女。」住了幾個月，竹青用船送魚客返家，船不用帆槳，自動就會在水上行駛。抵達岸邊，已經有人牽馬在路邊等候了，他就隨那人回家。從此以後，魚客不斷兩頭往返。

幾年後，漢產生得越來越俊秀，魚客很喜歡他。妻子和氏無法生育，經常想見漢產。魚客就轉告竹青，竹青準備好行李，送兒子隨父親一同返家，約定三個月後會再來。漢產回家後，和氏疼愛他甚於自己的骨肉，過了十幾個月，捨不得讓漢產回去。一天，漢產突然罹患急症而亡，和氏悲痛欲絕。魚客回到漢水，打算把這件事告訴竹青，進門後竟看見漢產打赤腳躺在床上，他很高興漢產沒死，但也好奇地問竹青這是怎麼一回事。竹青說：「你違背我們約定的日子已經很久了，我想念兒子，就把他招回來。」魚客解釋起這是和氏非常喜愛漢產的緣故。竹青說：「等我再生一個孩子，就讓漢產跟你回去。」又過了一年多，竹青生下一對龍鳳胎，男孩取名「漢生」，女孩則名爲「玉珮」。魚客就帶著漢產回家，一年裡經常要兩地往返三、四趟，魚客覺得很不方便，自此舉家搬遷到漢陽。

漢產十二歲時考中秀才，竹青認爲人間沒有素質好的女子可以與兒子匹配，就把他叫回去，替他娶了一個媳婦後才讓他回家。媳婦名爲「卮娘」，也是神女所生。後來和氏死了，漢生和妹妹都趕來奔喪，等辦完喪事，漢生就留在家中；魚客帶著玉珮離去，從此不再回來。

司札吏

游擊官[1]某，妻妾甚多。最諱某小字，呼年曰歲，生曰硬，馬曰大驢；又諱敗曰勝，安為放。雖簡札往來，不甚避忌，而家人道之，則怒。一日，司札吏[2]白事，悞[3]犯：大怒，以研[4]擊之，立斃。三日後，醉臥，見吏持刺入。問：「何為？」曰：「『馬子安』來拜。」忽悟其鬼，急起，拔刀揮之。吏微笑，擲刺几上，泯然[5]而沒。取刺視之，書云：「歲家眷硬大驢子放勝[6]。」暴謬之夫，為鬼揶揄，可笑甚已！◆

牛首山[7]一僧，自名鐵漢，又名鐵屎。有詩四十首，見者無不絕倒。自鏤印章二：一曰「混帳行子」，一曰「老實潑皮」。秀水[8]王司直[9]梓其詩，名曰：牛山四十屁。款云：「混帳行子、老實潑皮放。」不必讀其詩。標名已足解頤[10]。

◆何守奇評點：武夫忌諱，故鬼吏戲之。

武人多忌諱，所以陰司的鬼官吏前來戲弄他。

1 游擊官：明清時代中級武官名。
2 司札吏：負責文書工作的官吏。
3 悞：出了差錯。同今「誤」字，是誤的異體字。
4 研：硯臺。
5 泯然：突然消失不見。泯，讀作「敏」。
6 歲家眷硬大驢子放勝：避某人忌諱而寫的拜帖，本應作「年家眷生馬子安拜」。古代科舉同年登科的人，互稱「年家」。兩家姻親，對晚輩自稱為「眷生」。勝，山東居民將驢馬的陽具稱為「勝」，放勝即為射精之意。
7 牛首山：可能指的是牛頭山，位於江蘇省江寧縣西南，靠近南京。
8 秀水：古代縣名。今浙江省嘉興市。
9 司直：古代官名，漢武帝時設置，原本是監督檢舉貪贓枉法的官員，到了明代廢除。此處指的可能是推官，古代掌管刑獄訴訟之事的官職，相當於今日的法官。
10 解頤：開懷大笑。

白話翻譯

某個游擊官家中妻妾成群，最忌諱人家說妻妾的小名，因此把「年」改稱「歲」；「生」改稱「硬」；「馬」改稱「大驢」；又把「敗」說成「勝」，「安」改爲「放」。雖然與友人或官場間往來的公文書信，不會這樣避忌，但若家裡的人觸犯，他就會大發雷霆。

一天，司札吏向他稟報公事，誤犯他所忌諱的字眼，遊擊官大爲光火，拿硯台打向他，司札吏被他失手打死了。三日後，遊擊官喝醉了酒正在睡覺，看見司札吏拿著一張拜帖進來，問他：「你想幹什麼？」司札吏說：「『馬子安』前來拜見。」遊擊官這才想起司札吏已經死了，眼前所見必是鬼魂，趕緊起身拔刀要砍他。司札吏微笑著，將拜帖扔到茶几上，隨即消失無蹤。遊擊官撿起拜帖一看，上面寫道：「歲家眷硬大驢子放勝。」凶殘粗暴的一介莽夫，被鬼嘲諷戲弄，實在可笑之極啊。

牛首山上住著一個和尚，自名爲鐵漢，又叫鐵屎。他寫了四十首詩，讀過的人沒有不捧腹大笑的。他自己刻了兩個印章，一個刻「混帳行子」，另一個刻「老實潑皮」。浙江秀水的王司直刊印他的詩，詩集題名爲《牛山四十屁》，落款「混帳行子、老實潑皮放」。毋須讀裡面的詩，光是這題名和落款已經足夠讓人開懷大笑。

（卷十一未完，請見下冊）

司札吏
内諱從来莫出門武
夫暴謬不堪論刀揮
研擊空含怒鬼物揶
揄刺尚存

參考書目

王邦雄，《莊子內七篇・外秋水・雜天下的現代解讀》（台北：遠流出版社，2013 年 5 月）
王邦雄等著，《中國哲學史》（台北：里仁書局，2006 年 9 月）
牟宗三，《中國哲學十九講》（台北：台灣學生書局，1999 年 9 月）
馬積高、黃鈞主編，《中國古代文學史 1-4 冊》（台北：萬卷樓圖書股份有限公司，2003 年）
張友鶴，《聊齋誌異會校會注會評本》（台北：里仁書局，1991 年 9 月）
郭慶藩，《莊子集釋》（台北：天工出版社，1989 年）
樓宇烈，《王弼集校釋・老子指略》（台北：華正書局，1992 年 12 月）
盧源淡注譯，蒲松齡原著，《聊齋志異》（新北市：台科大圖書股份有限公司，2015 年 3 月）
何明鳳，〈《聊齋誌異》中的「異史氏曰」與評論〉，《文史雜誌》2011 年第 4 期
馮藝超，〈《子不語》正、續二書中殭屍故事初探〉，《東華漢學》第 6 期，2007 年 12 月，頁 189-222
楊清惠，〈論《聊齋志異》王士禎評點的小說敘事觀〉，《彰化師大國文學誌》第 29 期，2014 年 12 月
楊廣敏、張學豔，〈近三十年《聊齋志異》評點研究綜述〉，《蒲松齡研究》2009 年第 4 期
邱黃海，《從「任勢為治」說的形成論韓非思想的蛻變》，國立中央大學哲學研究所博士論文，2007 年 7 月

電子工具書

中央研究院漢籍電子文獻 https://hanji.sinica.edu.tw/
百度百科 http://baike.baidu.com/
佛光大辭典 https://www.fgs.org.tw/fgs_book/fgs_drser.aspx
教育部重編國語辭典修訂本 http://dict.revised.moe.edu.tw/cbdic/
教育部異體字字典 http://dict.variants.moe.edu.tw/
漢語大辭典 http://www.guoxuedashi.net/
維基百科 https://zh.wikipedia.org/zh-tw/

好讀出版　圖說經典44

聊齋志異十三：解語花下

填寫線上讀者回函
請 掃 描 QRCODE

原　　著／(清)蒲松齡
編　　撰／曾珮琦
繪　　圖／尤淑瑜
總 編 輯／鄧茵茵
文字編輯／林泳誼、簡綺淇
美術編輯／王廷芬、許志忠
圖片整輯／鄧語葶

發 行 所／好讀出版有限公司
台中市407西屯區工業30路1號
台中市407西屯區大有街13號（編輯部）
TEL:04-23157795　FAX:04-23144188
http://howdo.morningstar.com.tw
(如對本書編輯或內容有意見，請來電或上網告訴我們)
法律顧問／陳思成律師

讀者服務專線：(02)23672044 / (04)23595819#212
讀者傳眞專線：(02)23635741 / (04)23595493
讀者專用信箱：service@morningstar.com.tw
晨星網路書店：http://www.morningstar.com.tw
郵政劃撥：15060393（知己圖書股份有限公司）
如需詳細出版書目、訂書，歡迎洽詢

初版／西元2024年01月15日
定價／299元
ISBN 978-986-178-688-9
如有破損或裝訂錯誤，請寄回台中市407工業區30路1號更換（好讀倉儲部收）

國家圖書館出版品預行編目資料

聊齋志異十二：解語花下／(清)蒲松齡
原著；曾珮琦編撰 —— 初版 ——
臺中市：好讀出版有限公司，2024.01
面：　公分 ——（圖說經典；44）
ISBN　978-986-178-688-9（平裝）
857.27　　112014318